Diogenes Taschenbuch 20987

de
te
be

Georges Simenon

Der Tod des Auguste Mature

Roman

Aus dem Französischen von Anneliese Botond

Diogenes

Titel der Originalausgabe:
›La mort d'Auguste‹

Die deutsche Erstausgabe
erschien 1980 im Diogenes Verlag
Die Übersetzung wurde für
die Neuausgabe 1997 überarbeitet
Umschlagfoto von
Peter Knaup

Veröffentlicht als Diogenes Taschenbuch, 1982

60/97/43/3
ISBN 3 257 20987 8

I

Von der Kasse aus, hinter der sie heiter und vage lächelnd saß, hatte Fernande das Paar eintreten sehen und sofort gewußt, daß die zwei zum erstenmal kamen. Sie waren beide sehr jung, von Kopf bis Fuß neu ausstaffiert wie frisch Vermählte – die sie sicherlich auch waren –, und hatten sich bemüht, ihre Überraschung und ihre Unschlüssigkeit zu verbergen.

Vom zweiten Saal aus hatte auch Antoine sie bemerkt, sich aber nicht von der Stelle gerührt, und so war es François, der rothaarige Kellner, der auf sie zuging, um sie in Empfang zu nehmen.

»Hierher, wenn ich bitten darf ...«

Er gab ihnen einen schlechten Tisch in der Mitte des Bistros. Die jungen Leute blickten auf den Ecktisch, wagten aber nichts zu sagen. François hätte ihnen, auch wenn sie danach gefragt hätten, ohnehin geantwortet, daß er reserviert sei.

Liselotte mit den großen Brüsten ging ihnen die Mäntel abnehmen und zwinkerte der Chefin zu, als sie an der Kasse vorbeikam.

Zu diesem Zeitpunkt waren der Botschafter und seine Gäste noch nicht angekommen, aber ein Tisch mit acht Gedecken wurde für sie freigehalten – im zweiten Saal, den das Personal, weil er guten Kunden und der Prominenz vorbehalten war, den »Senat« nannte.

Das Paar stammte aus der Provinz und wohnte sicher noch nicht lange in Paris. Es mochte bei einem Spaziergang im Viertel der Halles auf das Bistro aufmerksam geworden sein, das wie alle anderen aussah und nur durch die im Fenster aufgehängten Schinken und Würste ein wenig einladender wirkte als die anderen.

Auch das Wirtshausschild ›Chez l'Auvergnat‹ wirkte bescheiden, und so waren die beiden jungen Leute nicht darauf gefaßt gewesen, daß François ihnen eine Speisekarte auf Luxuspapier hinhielt, so groß wie ein Foliant.

Dabei waren die Tische im ersten Saal, mit Marmorplatte und gußeisernem Fuß, alt, die Theke ein klassischer Zinktresen, und an der schmutziggrünen Wand hing wie in anderen Bistros schwarz gerahmt das »Gesetz betreffend den Ausschank alkoholischer Getränke«.

»Als Vorspeise würde ich Ihnen einen Potaufeu nach Art der Auvergne oder Wurstspezialitäten empfehlen…«

Von ihrem Posten aus, der zwischen den beiden Sälen und der Garderobe gegenüber lag, registrierte Fernande wie gewöhnlich alles, was rings um sie vorging. Sie sah, wie ihr Mann, im dunkelblauen Anzug, sich zu zwei Journalisten und ihren Begleiterinnen hinabbeugte, zwei jungen Frauen, deren Fotografien in Zeitungen und Illustrierten erschienen waren.

Hinter der Glaswand konnte sie auch den Küchenchef an seinen elektrischen Herden hantieren sehen.

Die englische Botschaft hatte telefonisch einen Tisch für acht Personen reservieren lassen, und das Haus war dadurch in eine gewisse Aufregung versetzt worden. Antoine hatte nach Blumen geschickt. Obwohl er sich um elf Uhr vormittags rasiert hatte, war er gegen sieben Uhr nach oben gegangen, um sich mit dem elektrischen Rasierapparat ein zweites Mal über die Wangen zu fahren.

Fast alle Tische waren besetzt. Das junge Paar hatte sich für die Wurstspezialitäten entschieden und war überrascht, eine solche Fülle verschiedener Sorten auf dem kleinen Wagen zu sehen, der an ihren Tisch gerollt wurde. Über den Ballen Landbutter, der in der Mitte thronte, staunte die junge Frau am meisten.

Wo war Auguste zu diesem Zeitpunkt? Sicherlich wie gewöhnlich an einem der Tische des Lokals, das man das »Bistro« nannte.

Es war sein Bistro. Er hatte es 1913 mit seinen Ersparnissen und einigem Geld, das sein Bruder ihm geliehen hatte, gekauft, ohne zu ahnen, daß er im Jahr darauf an die Front geschickt werden würde.

Damals diente der Raum, der nun der Senat war, noch als Küche, und die jetzige, makellos saubere Küche hinter der Glaswand war das Schlafzimmer der Eheleute gewesen.

Zwei Rolls-Royce hielten am Gehsteig. Antoine eilte an die Tür. Obwohl der Botschafter und seine Gäste nicht im Smoking waren und ganz unauffällig an ihren Tisch gingen, folgten ihnen aller Blicke.

Es war nicht das erstemal, daß man hochgestellte Persönlichkeiten zu bewirten hatte. Ehrengast, zur Rechten des Botschafters, war eine Frau reiferen Alters, die sich offenbar einer kosmetischen Operation unterzogen hatte, denn ihre Gesichtszüge waren vollkommen starr. Allerdings richtete sie ihren Blick auch nur träge und fast herablassend auf all die pittoresken Einzelheiten, auf die sie der Botschafter hinwies.

Fernande erkannte ihn wieder. Er war zwei- oder dreimal zum Mittagessen gekommen, ohne zu sagen, wer er war. Stolz wie jemand, der einen ungewöhnlichen Ort entdeckt hat, zeigte er auf die Glaswand, durch die man die Zubereitung der Gerichte beobachten konnte, und machte dann auf die Bilder an den Wänden aufmerksam, unter denen drei Utrillos zu erkennen waren.

Der alte Auguste hatte sie eines Tages fast um ein Butterbrot erworben. Ein Kamerad aus Riom, mit dem er zur Schule gegangen war, unterhielt damals oben an der Rue Mont-Cenis ein Bistro. Auguste hatte ihm ein wenig Geld geliehen, und da der andere es ihm nicht zurückgeben konnte, hatte er die Bilder als Zahlung angenommen.

Antoine nahm die Bestellung entgegen, wobei er seine Gäste diskret beriet. Als Vorspeise gelierte Spanferkelpastete, ein paar Scheiben Wurst aus der Auvergne und Bratwurst im Blätterteig. Danach Hammelkeule auf Speckkartoffeln, dazu einen roten Chanturgue mit leichtem Veilchenbukett.

Alles ging gut und lief wie am Schnürchen. Es war halb zehn Uhr, und an zwei oder drei Tischen war bereits um die Rechnung gebeten worden.

Auguste hatte ein vergilbtes Foto von der Wand genommen, das das Bistro zeigte, wie es 1920 gewesen war, dazu ihn selber in Hemdsärmeln am Tresen und ein wenig abseits seine Frau. Er zeigte das Bild zwei Kunden aus der

Provinz, denen er, da sie üppig gespeist hatten, ein Glas auf Rechnung des Wirts angeboten hatte, einen alten Burgunder Marc.

Natürlich hatte auch er ein Glas getrunken, wenngleich erst nach einem verstohlenen Blick zur Kasse und zu seinem Sohn hin, denn Trinken war ihm verboten. Wenn alle sehr beschäftigt waren, nutzte er immer die Gelegenheit, um sich an einen Tisch zu setzen und ein Glas Wein oder Schnaps zu trinken. Als er dem Blick seiner Schwiegertochter begegnete, lächelte er ihr verschwörerisch zu.

Antoine war streng. Fernande nicht. Wozu sollte man einen Mann von achtundsiebzig Jahren um seine letzten kleinen Freuden bringen?

Wie immer war in den beiden Sälen das Gemurmel der Unterhaltung, das leise Klirren der Gläser und Teller zu hören, aber man nahm es nicht mehr wahr, ebensowenig wie den Küchen- und Weindunst.

Draußen begann rings um die Markthallen das Anfahren und Abladen von Obst und Gemüse, alle Verkaufsstände waren bereits erleuchtet.

Fernandes Augen folgten ihrem Mann, den Kellnern, den Kunden, die ihre Mäntel anzogen und sich zur Tür wandten. Da niemand im Haus genügend zum Schlafen kam, übermannte sie alle um die Mitte des Abends eine sanfte Schläfrigkeit.

Schau an! Die beiden aus der Provinz waren gegangen, und Auguste stand nun bei den Jungvermählten und zeigte diesen das Foto.

Sie konnte nicht verstehen, was er zu ihnen sagte, aber es war immer das gleiche. Wie er mit fünfzehn Jahren von

Riom nach Paris gekommen war; wie sich die Leute in dem Gewirr düsterer Straßen rings um die Halles damals noch gegenseitig die Kehle durchschnitten; wie er alle Spezialitäten aus seiner heimischen Auvergne kommen ließ, auch die großen grauen Brote, die im Fenster lagen.

Sie mußte ihn für ein paar Sekunden aus den Augen lassen. Auf dem Weg zur Küche hatte ihr Mann ihr durch ein Zeichen zu verstehen gegeben, daß alles gutging, daß die Engländer zufrieden waren.

Gerade als sie sich wieder dem Bistro zuwandte, schwankte Auguste, hielt sich ein paar Sekunden lang an einem Stuhl fest, der aber gleich darauf mit ihm zusammen umstürzte, wobei er sich im rot-weiß karierten Tischtuch verfing und Schüsseln und Teller des jungen Paares mit sich riß.

Es gab ein Gepolter, aber keine wirkliche Aufregung. François, der rothaarige Kellner, beugte sich als erster über den alten Mann. Er wollte ihn eben bei den Schultern anfassen, als Antoine ihn zur Seite schob und seinen Vater hochhob, während François ihn bei den Füßen ergriff.

Alles ging so schnell, daß man hätte meinen können, die Szene sei geprobt worden. Joseph, der seit dreißig Jahren im Haus arbeitete, kehrte bereits unter Entschuldigungen das zerbrochene Geschirr zusammen. Die jungen Leute blickten bestürzt und erschrocken auf den alten Mann, der jetzt durch eine Tür neben der Kasse in den Hausflur hinausgetragen wurde.

Fernande hatte Zeit gehabt, das Gesicht ihres Schwiegervaters zu sehen: Es war violett angelaufen, ein Auge war geschlossen, das andere blickte starr.

Sie blieb an ihrem Platz und hörte noch die Schritte auf der engen, schlecht beleuchteten Stiege.

Schwer atmend kamen Antoine und François im ersten Stock an und betraten die niedrigen Räume der Wohnung der beiden Alten.

Eugénie war wie jeden Abend bereits um acht Uhr zu Bett gebracht worden. Sie war neunundsiebzig, ein Jahr älter als ihr Mann, und nicht mehr recht bei Verstand.

Tagsüber wurde sie in einem Lehnstuhl ans Fenster gesetzt, und die Hausangestellte, Madame Ledru, mußte sie wie ein Kind füttern.

Sie lag halb schlafend im Bett und begriff nicht, was um sie herum vorging. Vielleicht wunderte sie sich bloß über die brennenden Lampen.

»Geh und hol Madame Ledru...«

Madame Ledru bewohnte ein kleines Zimmer zum Hof hinaus und kam in einem violetten Schlafrock.

»Helfen Sie mir, ihn auszuziehen und ins Bett legen... Du, François, kannst wieder hinuntergehen... Sag meiner Frau, ich bin gleich wieder da...«

Er konnte das Restaurant nicht im Stich lassen. Unten durfte der Rhythmus weder unterbrochen noch geändert werden.

Auguste atmete noch, aber mit pfeifenden Geräuschen, die seinen Mund entstellten, als ob er nicht mehr Herr über die Bewegungen seiner Lippen wäre.

Am unheimlichsten war sein Auge, dieses blicklose offene Auge.

»Rufen Sie Dr. Patin an... Sagen Sie ihm, es ist dringend... Rufen Sie mich, sobald er kommt...«

Er ging ungern von dem Bett weg, auf dem sein Vater und seine Mutter Seite an Seite lagen. Auf der Schwelle zögerte er. Was konnte er tun? Er war nicht vom Fach. In wenigen Minuten würde der Arzt hier sein, er wohnte nur zweihundert Meter entfernt in der Rue Pierre-Lescot.

Unten war ihm, als träte er aus den Kulissen auf die Bühne. Eben stand er noch im dunklen Gang des Altbaus, doch dann stieß er die Tür neben Fernandes Kasse auf, erblickte die Lichter und das pulsierende Leben in den beiden Sälen des Restaurants, den Betrieb in der Küche, die Blumen auf dem Tisch des Botschafters.

Die Neuvermählten saßen immer noch da und stocherten mit bleichen Gesichtern in den Kalbskutteln herum, die soeben aufgetragen worden waren. Andere Kunden folgten Antoine mit den Blicken.

»Er atmet«, flüsterte er seiner Frau zu, die nur mit einer Bewegung ihrer Augenlider antwortete.

Auf dem Boden zeigten nur noch ein paar winzige Glassplitter die Stelle an, wo der alte Auguste zusammengebrochen war. Auf einer der fahlgrünen Wände markierte ein helleres Rechteck den Platz, an dem das Foto von Vater und Mutter aus dem Jahr 1920 gehangen hatte. Joseph hatte es aufgehoben und im zerbrochenen Rahmen wie eine Reliquie Fernande überreicht, die es unter die Kasse geschoben hatte.

Nach wie vor wurden Gerichte vorbeigetragen, jetzt Käse und Desserts, und der Geruch von Zigarren mischte sich unter die Küchendünste.

Antoine hatte, wie zuvor, ein Auge auf alles, vor allem im Senat. Er war Patron und Oberkellner zugleich, trug aber, dem Stil des Hauses entsprechend, stets einen dunkelblauen Anzug statt des traditionellen Smokings.

»Das war mein Vater«, sagte er zum Botschafter, »er hat einen Schwindelanfall gehabt.«

Wer war die Frau, die ihn mit diesen hellen, gefühllosen Augen ansah? Die anderen behandelten sie betont respektvoll. Gehörte sie nicht zur engeren oder weiteren Verwandtschaft der königlichen Familie?

Ein kleiner König aus dem Vorderen Orient war mit einer lustigen Gesellschaft unter dem Schutz zweier Leibwächter gekommen, um zu dinieren, und er war schwer zu befriedigen gewesen, denn er aß kein Schweinefleisch, und gerade dies war die Spezialität des Hauses.

Ob Patin schon da war? Er behandelte seit fast vierzig Jahren die ganze Familie. Er hatte Antoine und seine Brüder betreut, als sie alle drei als kleine Buben gleichzeitig mit Scharlach im Bett gelegen hatten. Die Wohnung im ersten Stock hatten sie damals noch nicht, und die Kinder schliefen in eisernen Betten hoch oben unter dem Dach, in einem Dienstbotenzimmer mit schräger Decke und Mansardenfenster.

Seine Frau streifte ihn mit einem fragenden Blick. Mit einem Blick in die Runde vergewisserte er sich, daß alles in Ordnung war, dann verschwand er abermals und lief, drei Stufen auf einmal nehmend, die Treppe hoch.

Sobald man aus dem warmen Küchendunst hinaustrat, kam man in einen Bereich, wo es nach Armut roch, denn das Haus wurde hauptsächlich von kleinen Leuten bewohnt.

Madame Ledru hatte die Deckenlampe gelöscht und nur eine Nachttischlampe brennen lassen. Sie saß am Kopfende des Betts, hielt das Handgelenk des alten Mannes umfaßt und sah auf den Zeiger ihrer Armbanduhr.

Die Atmung schien schwächer geworden zu sein. Von Zeit zu Zeit wurde Augustes ganzer Körper von zwei, drei krampfartigen Bewegungen geschüttelt, als wollte er gegen das, was ihm widerfuhr, protestieren.

»Wie ist der Puls?«

»Er ändert sich ständig... Eben war er noch auf hundertvierzig. Und jetzt spüre ich ihn kaum...«

»Der Arzt?«

»Ist auf Visite... Ein Unfall bei einem Geflügelhändler... Seine Frau will versuchen, ihn zu benachrichtigen... Sie hat mir den Namen eines anderen Arztes gegeben, in der Rue Etienne-Marcel, ich habe ihn auch schon angerufen... Er hat versprochen, sofort zu kommen...«

Die Mutter schlief, ohne zu merken, was neben ihr geschah.

Antoine ging wieder hinunter. Er war es sich schuldig, da zu sein, wenn die Schnäpse und Liköre gereicht wurden, wenigstens am großen Tisch. Und Fernande konnte jetzt nicht hinaufgehen, denn jetzt verlangten die Kunden einer nach dem andern die Rechnung.

Antoine gelang es zu lächeln. Seit Jahren setzte er dieses zuvorkommende Lächeln auf, sobald ein Unbekannter die Hand ein paar Zentimeter hob.

Die Engländer schienen zufrieden zu sein, nur die Fürstin oder Herzogin blieb unverändert starr und undurchdringlich. Sie lehnte den Marc de Bourgogne ab, aber den alten, in einem Probierglas gereichten Armagnac nahm sie entgegen. Drei Minuten später war das Glas leer.

Ein Auto hielt. Antoine wartete noch ein paar Minuten. Als er hinaufging, traf er auf einen Mann mittleren Alters mit stark gelichtetem Haar, den er nicht kannte.

Es war der Arzt aus der Rue Etienne-Marcel. Er hatte kaum den Mund aufgemacht, als, ganz außer Atem, der alte Dr. Patin eintraf. Die beiden Männer gaben sich die Hand und befragten sich mit den Augen.

Sie brauchten Auguste nicht abzuhören. Das Gesicht hatte sich unter dem Blutandrang immer dunkler gerötet, und wenn man die Hand vor dem einen offenen Auge bewegte, reagierte die Pupille nicht.

»Es ist zwecklos, ihn noch ins Krankenhaus zu bringen«, murmelte Patin und drückte Antoine die Hand.

»Kann man gar nichts mehr tun?«

»Das Ende kann jeden Moment kommen... Es kann sich aber auch noch ein paar Stunden hinziehen...«

Die Ärzte zogen sich in eine Ecke des Zimmers zurück und unterhielten sich halblaut, während Antoine zögernd und hilflos am Bett stehenblieb.

Er entschloß sich, wieder hinunterzugehen. Der Anblick dieses ins Leere gerichteten Auges, dieses verzerrten Mundes war schwer erträglich. Er erkannte seinen Vater nicht wieder. Was da auf dem Bett lag, war kein Mann mehr, sondern ein bewußtloses, bald für immer erstarrtes Etwas.

Aber gerade als er gehen wollte, glaubte er ein leichtes Aufleuchten in dem einen Auge wahrzunehmen. Etwas wie ein plötzliches Erstaunen, und vom selben Augenblick an war der pfeifende Atem nicht mehr zu hören.

»Herr Doktor«, rief er.

Patin eilte herbei. Er berührte die Lider des Alten, beugte sich hinab und legte die Wange auf seine Brust.

»Es ist zu Ende, mein armer Antoine... Hast du deine Brüder benachrichtigt?«

»Noch nicht...«

»Was macht der Richter?«

»Es geht ihm gut. Er hat den Fall Mauvis übernommen...«

»Und Bernard?«

Antoines Gesicht verdüsterte sich.

»Ich habe seit Monaten keine Nachricht von ihm...«

Patin begriff. Er hatte sie schon als Kinder, dann als Halbwüchsige gekannt. Er war auf der Hochzeit von Antoine und auf der von Ferdinand gewesen. Er kannte die Familiengeschichte in- und auswendig.

»Sprich deiner Frau mein Beileid aus...«

Die beiden Ärzte gingen zusammen die enge, steile Stiege hinunter.

»Kann ich die alte Marinette holen, damit sie ihn herrichtet?« fragte Madame Ledru.

Er nickte zustimmend, ging seinerseits hinunter, stieß die kleine Tür auf und flüsterte seiner Frau im Vorübergehen zu:

»Es ist zu Ende...«

Die Arbeit nahm ihn wieder in Beschlag, die allabendliche Routine, bis man hinter dem letzten Kunden endlich die eisernen Rolläden herablassen konnte.

Auch zu Joseph, der achtundsechzig Jahre alt war und wie eine Ente davonwatschelte, dann zu François, dann zu Jules, der hinter der Theke stand und sich um die Weine kümmerte, sagte Antoine mit einer Stimme, die allmählich wieder sicherer klang:

»Es ist zu Ende...«

Dann zu Julien Bernu, dem Küchenchef:

»Es ist zu Ende...«

Der rundlichen Liselotte, die in ihrer schwarzseidenen Kellnerinnentracht so appetitlich aussah, fiel es auch jetzt nicht schwer zu lächeln, wenn sie den Kunden in den Mantel half. Sie war blutjung und stand voll im Saft.

Die letzten Kunden waren ein paar Minuten nach elf gegangen, und Antoine wartete darauf, daß er die eisernen Rolläden schließen konnte. Sonst hatte alle Abende sein Vater mit ihm zusammen darauf gewartet, es war für beide wie ein Ritus gewesen.

Sobald Fernande ihren Kassenabschluß gemacht hatte, ging sie, die grüngestrichene Metallkassette in der Hand, in der die Einnahmen waren, durch die kleine Tür in den zweiten Stock hinauf, wo sie und Antoine eine Wohnung über der der Alten bewohnten.

Jules, der sich rascher als die anderen umgezogen hatte, ging, die Hände in den Taschen und den Mantelkragen hochgeschlagen, denn es war kühl an diesem Märzabend.

Hinter der Theke befand sich eine Falltüre, durch die man über eine Treppe in den Keller gelangte, und Antoine sperrte sie wie jeden Abend mit Stange und Vorlegeschloß zu.

Die beiden Geschirrwäscherinnen gingen durch den Hauseingang hinaus. Da sie oft wechselten, kannte man sie kaum. Gelegentlich mußte man sogar wildfremde Männer von der Straße hereinholen, damit das Geschirr gespült wurde.

Julien Bernu, der Küchenchef, trug einen eleganten Kamelhaarmantel, und an der Straßenecke wartete ein Sportwagen auf ihn.

»Bis morgen, Chef...«

Er zögerte, überlegte, ob er noch etwas hinzufügen sollte, aber schließlich ließ er es dabei bewenden, Antoine mit mehr Nachdruck als gewöhnlich die Hand zu drücken.

Die anderen hielten es ebenso. Der Reihe nach zottelten sie davon, zurück in ihr Privatleben.

Nur zwei Lampen brannten noch, von Rauchschwaden wie eingenebelt, und der Essensgeruch war nicht mehr appetitanregend.

Die Rolläden mußten mit einer Kurbel, die hinter der Theke verwahrt wurde, von außen geschlossen werden. In den Markthallen herrschte Hochbetrieb, alle umliegenden Straßen waren vollgestopft mit Lastwagen.

Vor fünfzig Jahren, ja sogar noch nach dem Ersten Weltkrieg, blieb der Ausschank bis in die frühen Morgenstunden geöffnet, und Menschen aller Art geisterten damals durch das Lokal, einschließlich Clochards und Dirnen, die an die Wand gelehnt vor sich hin dösten.

Er ging hinaus. Noch am Abend zuvor war sein Vater ihm gefolgt. Sie hatten beide geschwiegen. Man hörte den eisernen Rolladen knirschen, der sich ruckartig über das Fenster senkte, dann das Geräusch des schmaleren, der die Tür verschloß.

Jetzt durch den Gang ins Haus zurückgehen, die Kurbel wieder an ihren Platz legen. Antoine blieb eine Weile vor dem Tresen stehen und musterte die Flaschen auf den Borden. Schließlich wählte er die Marc-Flasche und goß sich gegen seine Gewohnheit ein Glas ein. Er trank sonst nur einen Schluck Wein zu den Mahlzeiten.

Die Lampen löschen. Auf den Gang hinausgehen. Die kleine Tür abschließen. Er hatte nachgesehen, ob in der Küche und an den Spülanlagen alles in Ordnung war. Mit hängenden Schultern ging er nach oben und war erstaunt, im Schlafzimmer seiner Eltern eine alte Frau vorzufinden, die er nicht kannte.

»Ich habe alles besorgt, so gut ich konnte, Monsieur Mature... Es ist Ihnen doch recht, daß ich vier Kerzen und Weihwasser mitgebracht habe? Geben Sie mir dafür, was Sie wollen...«

Es war die alte Jungfer, die im Viertel die Toten herrichtete und von der die Rede gewesen war. Sie hatte ein zufriedenes, rundes Gesicht mit großen, unschuldigen blauen Augen, und die schwarzen Kleider, die sie trug, sahen aus, als wären sie mindestens zwanzig Jahre alt.

Er suchte in seiner Brieftasche und streckte ihr ein paar Scheine hin, während sie auf die Mutter im Nußbaumbett deutete, die immer noch schlief.

»Wie geht es ihr? Sie hat nicht einmal die Augen geöffnet, als wir die Leiche forttrugen...«

Antoine wußte nicht, wohin sein Vater gebracht worden war. Er ging durch den alten Salon, wo er früher seine Aufgaben gemacht und mit seinen zwei Brüdern gespielt hatte. Die Küche war nie benützt worden: Gegessen wurde im Restaurant, ehe die Gäste kamen, und so diente sie nur noch als Abstellraum.

Auguste lag auf Madame Ledrus Bett, im Zimmer der Hausangestellten. Ein Handtuch war um seinen Kopf gebunden, damit sein Unterkiefer nicht herabfiel. Beide Augen waren geschlossen. Die Grimasse von vorhin war aus seinem Gesicht verschwunden.

Man hatte seine Hände über einem Rosenkranz gefaltet, der nicht aus dem Haus stammte.

Fernande stand da, sah Antoine an und wartete, wie er reagieren würde. Da er sich nicht von der Stelle rührte und schwieg, murmelte sie:

»Anscheinend war es Marinette, die…«

Zwei der vier Kerzen waren angezündet, und ein Buchsbaumzweig lag in einer offenbar mit Weihwasser gefüllten Fingerschale.

Er betete nicht. Man hatte sie nicht beten gelehrt. Er fühlte eine große Müdigkeit und dachte, daß er seine Brüder noch benachrichtigen müsse.

»Ich werde bei ihm wachen«, schlug Madame Ledru vor. »Mir macht eine Nacht ohne Schlaf nichts aus… Notfalls lege ich mich eine Weile aufs Kanapee im Salon…«

Alles wirkte mit einemmal so alt, so verfallen! Auguste hatte sich immer dagegen gewehrt, daß irgend etwas in der Wohnung verändert wurde, in der selbst seine Frau so etwas wie ein Gegenstand geworden war, den man je nach der Tageszeit mal dahin, mal dorthin trug.

»Komm…«

Sie gingen in den zweiten Stock hinauf. Die Anordnung der Zimmer war die gleiche, aber die Farben waren frischer, die Möbel modern, und es gab genügend Licht.

Er zog seine Jacke aus, während seine Frau aus ihrem

schwarzen Kleid schlüpfte und ihr braunes Haar schüttelte.

»Rufst du Ferdinand zuerst an?« Er nickte, nahm den Hörer ab, wählte die Nummer. Während er wartete, lockerte er ein wenig die Krawatte.

Man hätte meinen können, daß das Telefon am Parc-de-Sceaux, wo Ferdinand mit seiner Frau und seinem Sohn in einem modernen Block wohnte, im Leeren klingelte.

»Hast du dich nicht in der Nummer geirrt?«

Er wartete noch immer, eher verdrossen als traurig.

»Hallo ... Bist du's, Véronique?«

Die Stimme seiner Schwägerin klang gedämpft.

»Ist Ferdinand nicht da?«

»Er schläft, der Ärmste ... Ich hab ihm ein Schlafmittel geben müssen, der Fall Mauvis setzt ihm arg zu ... Was ist denn los, Antoine?... Weshalb rufst du um diese Zeit an?... Ist deiner Mutter etwas passiert?«

»Meinem Vater ...«

»Ist er krank?«

»Er ist gestorben ...«

»Woran?«

»Der Arzt hat es mir nicht gesagt ... Ich hab vergessen, danach zu fragen ... Ich nehme an, daß es eine Embolie war ... Er war ganz blau ...«

»Ist er im Krankenhaus?«

»Nein, zu Hause, im Zimmer der Hausangestellten ...«

»Meinst du, daß ich Ferdinand wecken soll?... Kann er irgend etwas tun?«

»Ich fürchte, er wird es übelnehmen, wenn er nicht verständigt wird.«

»Ich weiß nicht... Vielleicht hast du recht... Bleib am Apparat...«

Ein paar Minuten vergingen. In der Leitung war ab und zu ein leichtes Knacken zu vernehmen. Einmal wiederholte eine erstickte Stimme flehentlich:

»Arthur... Arthur... Bist du noch da?... Hörst du mich?...«

Es war eine Frauenstimme, sehr fern, die dann von Ferdinands Stimme übertönt wurde:

»Hallo! Bist du's Antoine?«

»Ja... Entschuldige, daß ich dich geweckt habe...«

»Du hattest völlig recht... Meine Frau stopft mich mit Medikamenten voll... Seit drei Tagen schlage ich mich mit einer Angina und Fieber herum, aber beim jetzigen Stand der Untersuchung kann ich nicht zu Hause bleiben... Die Journalisten sind mir von früh bis spät auf den Fersen... Es fehlt nur noch, daß sie mich vor meiner Wohnungstür abfangen... Also Papa ist gestorben?... Um wieviel Uhr ist es denn passiert?«

»Ich habe nicht darauf achtgegeben. Gegen zehn Uhr...«

»Wie spät ist es jetzt?«

»Zehn Minuten nach Mitternacht...«

»Warum hast du mich nicht früher angerufen?«

»Ich hatte beide Säle gerammelt voll, und dazu war der englische Botschafter da, acht Personen...«

»Schlaganfall?«

»Patin hat es mir nicht gesagt...«

Er wiederholte:

»Er war ganz violett...«

»Hat er gemerkt, daß er stirbt?«

»Ich glaube nicht...«

»Und wo ist es passiert?«

»Er schwatzte mit Kunden im Bistro. Plötzlich ist er umgefallen und hat das Tischtuch und alles, was auf dem Tisch stand, mitgerissen...«

»Hat er nichts gesagt?«

»Kein Wort...«

»Hast du Bernard angerufen?«

»Noch nicht...«

»Hast du ihn in letzter Zeit gesehen?«

»Nein, und du?«

»Vor ungefähr einem Monat ist er im Taxi an mir vorbeigefahren... Zum Glück hat er mich nicht gesehen... Ich glaube, es ist besser, ich komme... Was meinst du?«

»Man kann nichts mehr für ihn tun...«

»Ich weiß. Aber wenn Bernard kommt, gibt es bestimmt Auseinandersetzungen, und dann ist es besser, wenn ich da bin...«

»Wie du willst...«

»Kommt er?« fragte Fernande, als Antoine aufgelegt hatte.

Ihr Mann nickte und suchte im Adreßbuch die Nummer Bernards, der angeblich neuestens am Boulevard Rochechouart wohnte. Bestimmt würden jetzt die Komplikationen beginnen.

Das Telefon läutete in einer Wohnung, die Antoine nicht kannte, und eine Männerstimme, die er ebensowenig kannte, antwortete:

»Wer ist am Apparat?«

Aus dem Hintergrund tönten Stimmen, Musik, Gläserklirren.

»Ich muß mich verwählt haben...«

»Wen wünschen Sie zu sprechen?«

»Bernard Mature...«

»Bernard, soso!... Den lieben Bernard... Tja, alter Knabe, Bernard ist nicht hier...«

Der Mann war betrunken. Der Hörer wurde ihm aus der Hand genommen, und eine Frauenstimme sagte:

»Hallo!... Hier Nicole...«

»Ich bin's, Nicole...«

»Antoine? Was ist los? Weshalb rufst du mich um diese Zeit an?«

»Ist Bernard nicht da?«

Sie hatte ihre fünf Sinne beieinander, auch wenn sie getrunken hatte.

»Er ist im Augenblick nicht da«, antwortete sie vorsichtig, in Abwehrstellung.

»Ist er in Paris?«

»Warum fragst du das?«

»Weil ich eine schlechte Nachricht für ihn habe...«

»Was denn?«

»Vater ist tot...«

Er war der einzige, der sie als Schwägerin behandelte, obwohl sie seit fünf Jahren mit seinem Bruder nur zusammenlebte. Sie hatten es beide nicht für nötig befunden zu heiraten.

»Das ist schlimm...«, murmelte sie. Und in verändertem Ton: »Seid doch still! Gebt Ruhe! Einer aus der Familie ist gestorben.«

Und wieder zu Antoine:

»Entschuldige... Es sind Freunde Bernards. Sie glaubten, sie würden ihn hier antreffen, und sind mit ein paar Flaschen angerückt. Ich weiß nicht, wie ich sie wieder loswerden soll. Sie führen sich auf, als wären sie hier zu Hause... Hör zu, Antoine, es tut mir schrecklich leid... Heute ist Freitag, nicht wahr?... Stimmt, Samstag, weil Mitternacht schon vorbei ist... Am Donnerstag ist Bernard mit einem Freund in dessen Wagen in den Süden gefahren, weil sie dort ein großes Geschäft in Aussicht hatten, Immobilien...«

Immobilien oder was immer, Côte d'Azur oder anderswo – Bernard hatte immer nur große Geschäfte in Aussicht.

»Ich weiß, daß sie sich für heute abend in der Bar des ›Carlton‹ verabredet hatten, aber ich weiß nicht, wo sie abgestiegen sind...«

»Wann wollte er zurück sein?«

»Er hat es mir nicht gesagt. Das hängt von dem Geschäft ab... Man muß ihn aber doch benachrichtigen, nicht? Wie ist es denn passiert?«

»Er ist im Restaurant plötzlich zusammengebrochen...«

»Das Herz?«

»Ich weiß es nicht. Eine halbe Stunde später war er tot.«

»Ist Ferdinand bei dir?«

»Er muß jeden Moment kommen.«

»Ich will tun, was ich kann, um ihn ausfindig zu machen. Wenn ich alle Hotels anrufe, kriege ich seines vielleicht heraus...«

Wieder fragte Fernande:

»Wo ist er?«

»Angeblich in Cannes. Aber das braucht nicht unbedingt zu stimmen. Bei Nicole geht's gerade hoch her, mit Trinken und Tanzen, eine ganze Clique...«

»Glaubst du, daß sie kommt?«

»Sie? Wozu denn?«

»Ich weiß nicht... Ziehst du dich aus?«

»Nicht, ehe Ferdinand hier war...«

»Véronique wird auch kommen...«

Das war unvermeidlich, denn Ferdinand hatte nie am Steuer eines Autos gesessen, da er zu kurzsichtig war, und seit sie einen Wagen hatten, machte seine Frau den Chauffeur. Jeden Morgen fuhr sie ihn zum Gerichtsgebäude und holte ihn abends wieder ab. Mittags aß er ganz bescheiden in der Kantine oder in einem kleinen Restaurant in der Innenstadt.

»Was, glaubst du, wird passieren?«

»Ich habe keine Ahnung. Das hängt von Bernard ab...«

»Und von Véronique...«

»Glaubst du, daß Véronique Schwierigkeiten machen wird?«

»Mehr vielleicht als Bernard... Soll ich nicht Kaffee machen?«

»Keine schlechte Idee...«

Er rauchte wenig, denn im Restaurant konnte er sich das als Patron nicht leisten. Eine Zigarette hin und wieder auf die Schnelle, das schon, auch wenn er sie selten zu Ende rauchen konnte.

In fünf Stunden mußte er wieder auf den Beinen sein

und wie jeden Morgen auf dem Markt einkaufen. Allerdings brauchte er nicht weit zu gehen.

Den Vormittag über stand Jules am Tresen und bediente die Kundschaft aus dem Viertel. Jeden Tag um zwölf zog Antoine seinen dunkelblauen Anzug an; dann füllten sich allmählich die beiden Säle, um sich gegen drei wieder zu leeren. Danach konnte er sich bis halb sieben nochmals aufs Ohr legen. Dann duschte er und zog sich wieder an.

Unten wurde an die Tür geklopft. Die Zimmerböden waren so wurmstichig, daß man alles hörte, was im Haus vor sich ging. Madame Ledru mußte Bescheid geben, daß Antoine und seine Frau im zweiten Stock waren, und so öffnete Fernande die Tür, gerade als Ferdinand und Véronique den Treppenabsatz erreicht hatten.

Die beiden Brüder umarmten sich nicht. Sie hatten sich nie in ihrem Leben umarmt. Ernst drückten sie sich die Hand und blickten sich an. Véronique umarmte beide.

»So ein Unglück ...«

Darauf ihr Mann, vernünftig wie immer:

»Bei seinem Alter mußte man damit rechnen ... Wichtig ist, daß er nicht gelitten hat ... Erstaunlich nur, daß nicht Mama als erste gegangen ist ... Übrigens, wie geht es ihr?«

»Sie hat von allem nichts gemerkt. Sie schlief ...«

»Glaubst du, daß sie noch aufnimmt, was um sie geschieht?«

»Schwer zu sagen ... Manchmal hat man den Eindruck, sie kommt wieder zu sich und will irgend etwas sagen. Dann möchte man schwören, daß sie gegen eine Art Nebel ankämpft, aber das hält nie lange an, und dann fällt sie wieder in ihren Dämmerzustand zurück.«

»Vater ist also in das Zimmer der Hausangestellten gebracht worden?«

»Damit Mama nicht umgebettet werden mußte... Ich denke, morgen wird man den Salon als Totenzimmer herrichten müssen. Eine Menge Leute werden ihn noch einmal sehen wollen, alle seine Kameraden aus Riom und die Leute aus der Auvergne , die in Paris leben...«

Vor zehn Jahren war Auguste Präsident des Vereins seiner Landsleute in Paris gewesen.

Ferdinand war dreiundfünfzig. Er trug dicke Brillengläser, sein Schädel war fast kahl. Véronique hingegen, obwohl dick geworden, wirkte jünger, als sie war.

»Werden dir daraus keine Einbußen entstehen?«

»Ich überlege, ob ich nicht bis zur Beerdigung schließen soll, aber im Geschäftsleben ist das nicht üblich. Gewöhnlich wird erst am Tag der Beerdigung geschlossen...«

»Ist denn der Pfarrer gekommen?«

»Nein. Ich habe noch nicht einmal daran gedacht...«

»Vater war als Kind Ministrant. Zwar ist er nicht mehr in die Kirche gegangen, aber es wäre doch besser, die Pfarrei zu verständigen. Die Leute würden es nicht verstehen, wenn es keine Trauerfeier gäbe.«

Fernande brachte Kaffee und Tassen. Die Sessel und das Sofa waren mit blauem Leder bezogen, ein roter Teppich verdeckte die schadhaften Stellen des Fußbodens.

»Im ersten Stock hat es geklingelt...«

»Wer kann das sein?«

Alle vier lauschten schweigend. Madame Ledru ging öffnen, sprach halblaut mit jemandem, schloß wieder die Tür. Im Treppenhaus waren leichte Schritte zu hören.

»Ich wette, das ist Nicole«, sagte Fernande und stand auf.

Und als sie öffnete, stand in der Tat Nicole in der Tür.

Sie sah einen nach dem andern an, als ob ihr Besuch ganz natürlich wäre. Während sie ihren Leopardenmantel auszog, ging sie auf sie zu und sagte:

»Ich hielt es für richtig, zu kommen ...«

Fernande, im Schlafrock, ging noch eine Tasse holen.

»Wo liegt er denn?«

»Im Zimmer von Madame Ledru, im ersten Stock ...«

»Warum nicht in seinem Bett?«

Und Antoine, gereizt:

»Weil meine Mutter darin liegt.«

2

Ein peinliches Schweigen entstand. Keiner wußte, wohin er blicken sollte. Ferdinand und Antoine waren nur drei Jahre auseinander, aber es war, als hätte dieser Altersunterschied mit der Zeit zugenommen, statt sich auszugleichen. War es wegen Ferdinands Beruf? Für die Familie war er der Richter, jemand Bedeutender, der über Dinge Bescheid wußte, von denen die anderen keine Ahnung hatten.

Es hatte eine Zeit gegeben, in der die beiden Brüder, damals halbwüchsig, echte Freunde gewesen waren. Ferdinand hatte Antoine mehr oder weniger unter seine Fittiche genommen, und keiner von beiden hatte sich um Bernard gekümmert, den sie als Kind betrachteten.

Später hatten sich ihre Wege getrennt. Beide hatten geheiratet. Ferdinand hatte zuerst in La Rochelle gelebt, dann war er nach Poitiers berufen worden, wo er acht Jahre blieb, ehe er einen Posten in Paris bekam. Er war rascher als die anderen gealtert, so daß man sich unwillkürlich fragte, ob er jemals jung gewesen war.

Es war ihm anzumerken, daß er das Leben ernst nahm, daß er alle Fragen mit der gleichen gründlichen Gewissenhaftigkeit behandelte, ob es sich nun um sein Amt, seine Familie oder ihn selbst handelte.

Antoine, der einen Kopf größer war als er und dessen braunes Haar sich noch nicht einmal lichtete, schien von ganz anderem Schlag zu sein.

Woran dachten sie, während Nicole sie nacheinander anschaute? Hatten sie nicht seit langem diese Auseinandersetzung vorausgesehen, auf die sie nun, mitten in der Nacht, doch nicht vorbereitet waren, weder Ferdinand, dem seine Angina zu schaffen machte, noch der müde Antoine?

»Sagen Sie, Ferdinand...«

Nicole duzte den Richter nicht, auch seine Frau nicht, während sie Antoine wie selbstverständlich duzte. Sie war erst achtundzwanzig Jahre, hübsch, elegant und lebhaft. Sie kam aus einer anderen Welt.

Er sah sie mit seinen kurzsichtigen Augen an, und sie fuhr ganz unbefangen fort:

»Ich weiß, daß es mich nichts angeht, aber da Bernard nicht in Paris ist, muß ich an seiner Stelle sprechen... Sie kennen sich in diesen Dingen aus: Meinen Sie nicht, daß es besser gewesen wäre, alles gerichtlich versiegeln zu lassen?«

»Was denn?«

»Ich weiß nicht... Die Wohnung des Verstorbenen... Den Safe...«

»Welchen Safe?«

»Er muß doch irgendwo sein Geld und seine Papiere aufbewahrt haben...«

Von den beiden Brüdern war es Antoine, der sich unbehaglicher fühlte, denn er wußte sich angesprochen und war darauf gefaßt, daß sich Ferdinand nicht ganz auf seine Seite stellen würde.

»Ich wüßte nicht«, sagte der Untersuchungsrichter, sorgfältig artikulierend, »daß mein Vater je einen Geldschrank besessen hätte... Stimmt das, Antoine?«

»Im Haus ist keiner.«

Nicole ließ nicht locker.

»Er mußte doch sein Testament irgendwo aufheben...«

Ein fast beklemmendes Schweigen. Fernande brachte eine Tasse, schenkte Kaffee ein und suchte sich dann einen Platz, wo sie sich setzen konnte. Sie hatte in der Küche alles gehört. Aller Blicke waren auf Antoine gerichtet.

»Vater hat nie etwas von einem Testament gesagt...«

»Hatte er keinen Notar?«

»Es war nicht seine Art, sich einem Notar anzuvertrauen...«

»Er hatte aber doch ein Bankkonto?«

»Wenn er eins hatte, so hat er jedenfalls mit niemandem darüber gesprochen...«

Der alte Auguste war in Saint-Hippolyte geboren, einem Marktflecken von dreihundert Einwohnern, zwanzig Kilometer von Riom entfernt. Sein Vater, ein Tagelöhner, konnte weder lesen noch schreiben.

Mit zwölf Jahren arbeitete Auguste bereits in einem Gemüsegeschäft, das neben dem Gerichtsgebäude lag und wo er auch, ohne sich auszuziehen, in einem Hinterzimmer schlief. Mit fünfzehn hatte er sich in den Zug gesetzt und war allein nach Paris gefahren.

»Ferdinand muß besser wissen als ich, was in einem solchen Fall zu tun ist...«

Verlegen sah Ferdinand seine Frau an, als wolle er sie um Rat fragen.

»Das kommt darauf an ... Vor längerer Zeit haben Vater und Antoine eine Vereinbarung unterschrieben ...«

Das war 1945, nach dem Krieg, gewesen. Antoine war aus Deutschland zurückgekehrt, wo er vier Jahre lang Kriegsgefangener war. Er war sich nicht schlüssig gewesen, ob er seine Stelle als Koch in der ›Brasserie de Strasbourg‹, wo er 1939 gearbeitet hatte, wiederaufnehmen sollte.

Er war siebenundzwanzig Jahre alt und unverheiratet. Damals existierte im Erdgeschoß nur das Bistro mit den im Fenster aufgehängten Schinken und Würsten und den großen Laiben Schwarzbrot, die jede Woche dreimal aus der Auvergne geschickt wurden.

Ihre Mutter kochte, und ein einziger Kellner half bedienen.

Auguste war damals noch kein alter Mann. Er hatte während der Kriegsjahre mit Lebensmitteln, die er sich aus seiner Heimat zu beschaffen wußte, eine Menge Geld verdient.

Eine neue Kundschaft war entstanden. Journalisten, Theaterleute hatten die Küche der Mutter Mature, wie man sie damals nannte, entdeckt.

»Warum bleibst du nicht bei mir, Antoine, statt für andere zu arbeiten? Wir richten einen zweiten Saal ein, eine größere Küche ...«

Damals lebte Ferdinand noch in La Rochelle und hatte bereits ein Kind. Bernard, der sein Studium nicht abgeschlossen hatte, arbeitete sporadisch beim Film und kam seinen Vater nur besuchen, wenn er Geld brauchte.

Antoine hatte sich schließlich überzeugen lassen, und je

weiter der geplante Ausbau gedieh, desto mehr fing er Feuer. Von ihm stammte die Idee, die Küche mit einer Glaswand zu versehen, durch welche die Kunden zusehen konnten, wie die Speisen zubereitet wurden.

Seine Mutter beschränkte sich seit fünfundzwanzig Jahren auf vier, fünf Gerichte, die es an bestimmten Tagen gab.

Auch sie, die Tochter eines Kleinbauern, stammte aus Saint-Hippolyte. Sie war mit Auguste zur Schule gegangen. Als er, zwanzigjährig, eines Tages seinen in der Heimat gebliebenen Bruder besuchte, traf er sie wieder.

Von da an war die Geschichte der beiden dieselbe wie die der meisten Geschäftsleute in diesem Viertel. Erst das geduldige Sparen für den Ankauf eines Geschäfts, das sie meist erst nach vielen Jahren abzahlen können, dann die langen Jahre ohne einen Ruhetag, ohne auch nur einen Gedanken an Urlaub.

Alle beide lagen sie nun da unten, Auguste mit zwei brennenden Kerzen an seinem Bett, seine Frau seit einem Jahr, ohne wahrzunehmen, was um sie herum vorging.

Sie waren jung gewesen. Jeden Abend, bevor sie sich in das Nußbaumbett legten, das sie am Tag vor ihrer Hochzeit bei einem Trödler gekauft hatten, machten sie zusammen Kassensturz und freuten sich über das eingenommene Geld, über jeden bezahlten Wechsel:

»Wenn wir einmal keine Schulden mehr haben...«

Lange Zeit war das ihr einziges Ziel. Dann kam Ferdinand, der bald auf allen vieren im Sägemehl im Bistro oder auf den Küchenfliesen herumkrabbelte.

Von Paris kannten sie außer dem Viertel der Halles und ein paar Straßen im Umkreis so gut wie nichts.

Auguste trug einen mächtigen blauschwarzen Schnauzbart, und wenn er mit aufgekrempelten Hemdsärmeln hinter seinem Tresen stand, ließ er gern voll Stolz seine Bizepse spielen.

Dann wurde Antoine geboren. Die beiden Kinder schliefen im Zimmer ihrer Eltern, und Antoine erinnerte sich an Abende, da seine Mutter in der Küche Gemüse putzte, während sein Vater die Flaschen ordnete.

Ferdinand und Bernard waren sechs Jahre auseinander. Das Schlafzimmer wurde zu klein für alle, und so wurde für die beiden Älteren mangels Besserem eine Mansarde gemietet.

Anfangs hatten sie Angst. Sie fühlten sich allein, hoch oben in diesem Haus, das ihnen groß vorkam und in dem es wimmelte von Männern und Frauen, die sie nicht kannten.

Um sich weniger allein zu fühlen, schliefen sie in einem Bett, winters in langen Flanellnachthemden, denn es war bitter kalt.

Ferdinand begann in die Schule zu gehen. Dann kam die Reihe an Antoine. Sie spielten auf der Straße mit ihren Schulkameraden.

Zu dieser Zeit waren Antoine und Ferdinand fest davon überzeugt, daß sie sich niemals trennen würden.

Und jetzt sahen sie einander betreten an. Der Körper ihres Vaters war noch nicht kalt, und schon saß eine Fremde da und legte den Finger auf die Wunde.

»Hat jemand in den Schubladen nachgesehen?« fragte sie.

Beide Brüder waren schockiert, und doch lehnten sie die Aufforderung, die in diesem Satz lag, nicht rundweg ab.

»Niemand hat die Wohnung durchsucht«, sagte Antoine, der sich angesprochen fühlte. »Als Vater zusammenbrach, habe ich ihn in den ersten Stock gebracht, und ich mußte gleich wieder hinunter, während Madame Ledru nach dem Arzt telefonierte. Das Restaurant war voll, ich konnte es nicht im Stich lassen.«

Es war unmöglich, aus Ferdinands Blick auf irgendein Gefühl zu schließen. Er sah vor allem betreten aus.

»Wissen Sie, wo Bernard ist?« fragte er, zu Nicole gewandt.

»Er wird mich sicher morgen früh anrufen, und wenn ich ihm sage, was passiert ist, wird er das nächste Flugzeug nehmen...«

»Und was soll Ihrer Meinung nach bis dahin geschehen?«

»Ich weiß nicht. Es ist Ihre Sache, die nötigen Vorkehrungen zu treffen.«

»Was für Vorkehrungen?«

»Ihr Vater war reich... Da ist erstens das Geschäft, das viel wert ist...«

Antoine wurde rot. Obwohl ihn dies persönlich anging, wollte er nicht sprechen.

»Das Geschäft gehört zur Hälfte Antoine, er ist seit zwanzig Jahren Teilhaber unseres Vaters«, ließ Ferdinand sich vernehmen.

»Gibt es notariell beglaubigte Papiere dazu?«

»Notariell beglaubigte nicht. Sie haben beide einen Vertrag unterschrieben.«

»Und Ihr Vater erhielt jedes Jahr die Hälfte des Gewinns?«

Diesmal antwortete der Richter nicht an Stelle seines Bruders.

»Ich zahlte ihm regelmäßig seinen Anteil aus.«

»Also eine große Summe?«

»Eine ziemlich große Summe, ja.«

»Wieviel denn etwa?«

»Das müßte ich in den Büchern nachsehen...«

»Und wo sind die Bücher?«

Antoine zeigte auf die moderne, dreitürige Kommode.

»Dort...«

Doch er schlug nicht vor, sie ihr zu zeigen.

»Und was hat er mit diesem Geld gemacht?«

»Das war seine Sache. Er hat mit niemandem darüber gesprochen.«

»Er hat es doch wohl nicht in seiner Wohnung aufbewahrt?«

»Das nehme ich nicht an...«

»Ihr habt euch aber nicht vergewissert?«

»Nein.«

Er sah Fernande an, die innerlich kochte und an ihren Nägeln kaute, um nicht zu platzen vor Wut.

Warum griff Ferdinand nicht ein, um seinen Bruder zu verteidigen? Seine Frau und er waren gänzlich verstummt. Der Vater war um zehn Uhr gestorben, und um ein Uhr früh saßen sie hier um den Tisch und redeten über sein Geld.

Antoine stand auf und sagte mit bebender Stimme, der man anhörte, daß er sich nur mit Mühe beherrschte:

»Kommt mit und seht selber, es ist mir lieber...«

Ferdinands abwehrende Bewegung wirkte nicht überzeugend. Seine Frau erhob sich als erste. Nicole trank erst ihren Kaffee aus, ehe sie sich ebenfalls zur Tür wandte.

»Kommst du nicht mit?« fragte Antoine Fernande.

»Ich bringe es nicht übers Herz...«

Und dabei war Fernande ein Straßenmädchen, das Antoine buchstäblich auf dem Trottoir aufgelesen hatte, als sie nachts von Bar zu Bar zog.

Es hatte drei Jahre gedauert, bis er es gewagt hatte, sie seinem Vater vorzustellen. Und auch als sie geheiratet und die Wohnung im zweiten Stock gemietet hatten, richtete seine Mutter noch mehr als zwei Jahre lang kein Wort an sie und erlaubte ihr nicht, sich im Erdgeschoß zu zeigen.

Im Gänsemarsch stiegen sie die schlecht beleuchtete Treppe hinunter, deren ausgetretene Stufen unter ihren Schritten knarrten. Die Tür war nicht verschlossen. Madame Ledru, die nie bei ihrem Vornamen gerufen wurde, da sie als Witwe eines Landvermessers auf ihren Rang hielt, fuhr vom Kanapee hoch, auf dem sie eingenickt war.

Durch die offene Zimmertür sah man die flackernden Kerzen. Automatisch traten sie ein. Véronique bekreuzigte sich. Nicole betrachtete nur schweigend das Gesicht des Toten.

Halblaut sagte Antoine:

»Ich weiß nicht, ob ihr in diesem Zimmer suchen wollt?«

Statt einer Antwort kehrte Nicole, gefolgt von Ferdinand und dessen Frau, in den Salon zurück. In diesem Raum fühlte man sich buchstäblich um vierzig Jahre zurückversetzt. Aus einem vergoldeten Rahmen über dem mit Fransen geschmückten Kanapee sah Hector Mature, der Tagelöhner aus Saint-Hippolyte, sie aus einem vergrößerten Foto heraus mit ausdruckslosen Augen an. Eine Blattpflanze stand in einem Kupfertopf, und man hätte schwören mögen, daß es dieselbe Pflanze war wie zur Zeit, als die Brüder noch Kinder waren.

»Was euch interessiert, sind vermutlich die Schubladen?«

»Ich habe es nicht verlangt«, verwahrte sich Nicole. »Ich meine nur, daß es für alle besser ist, wenn alles korrekt vonstatten geht.«

Im Salon stand ein altes Buffet, dessen obere Türen verglast waren. Antoine zog die beiden Schubladen auf, und zum Vorschein kam ein Wust von Dingen, die sich im Lauf der Jahre angesammelt hatten.

Eine Schachtel enthielt Fotos der drei Brüder in verschiedenem Alter, dazu einen silbernen Fingerhut und eine Haarlocke, von der niemand wußte, von wem sie stammte. Waren diese Haare, die ihre Mutter in ein Stück Seidenpapier gewickelt hatte, von einem der Kinder? Waren es Haare, die Auguste ihr selber abgeschnitten hatte, als sie verlobt waren oder zu Beginn ihrer Ehe?

Zwei Geldscheine, Achate, ein Pfeifchen. Zeitungsausschnitte, in denen das Restaurant lobend erwähnt wurde. Briefe. Ferdinand erkannte seine und Bernards Schrift. Es waren auch Briefe darunter, die Véronique aus La Rochelle, später aus Poitiers geschrieben hatte, als ihr Mann zu beschäftigt gewesen war, um selber zu schreiben. In einigen steckten Fotos ihrer beiden Kinder, Marie-Laure und Jean-Loup.

Marie-Laure lebte gegenwärtig mit einer Freundin in

der Avenue Victor-Hugo, wo die beiden jungen Frauen eine Modeboutique betrieben, und Jean-Loup war Assistenzarzt in der Salpêtrière.

Alte Rechnungen über längst verschwundene Möbel und Gegenstände kamen zum Vorschein, Ferdinands erstes Zeugnis aus dem Gymnasium Voltaire.

»Ihr seht ... kein Testament ... Auch kein Geld ist in dieser Schublade.«

Er zog die linke auf, die noch voller war als die erste und von Fotos und Briefen überquoll. Die Fotos zeigten Leute, die sie kaum oder überhaupt nicht kannten, Kusinen der Mutter, Freundinnen aus ihrer Kinderzeit, eine Schulklasse in einem Schulhof.

Darunter lagen ein paar mit Haar gefüllte Tütchen, und auf jedem stand, mit Bleistift geschrieben, der Name eines der Brüder.

Im unteren Teil des Möbels fanden sich ein paar Bücher, Wollknäuel, und auf dem untersten Fach Stoffreste in allen Farben, die Eugénie Mature wie einen Schatz gehütet hatte.

Im oberen Teil standen Gläser und ein paar Schnapsflaschen.

Einen Schreibtisch gab es in der Wohnung nicht.

»Bleibt das Schlafzimmer meiner Eltern ...«

Sie zögerten, unschlüssig, ob sie ihm folgen sollten, gingen dann aber doch hinter ihm her. Er öffnete den hohen Kleiderschrank, alle Schubladen, und endlich auch noch eine Kommode, in der Wäsche lag.

Es blieb nichts übrig, als wieder zu gehen. Als sie dicht gedrängt auf dem Treppenabsatz standen, wußten sie nicht, ob sie wieder hinauf oder nach unten gehen sollten.

»Ich muß meinen Mantel holen...«, sagte Nicole.

Schweigend gingen sie nach oben. Die Besucher zogen ihre Mäntel an. Ferdinand wäre gern noch geblieben, um sich von Bernards Gefährtin zu distanzieren, aber niemand forderte ihn dazu auf.

»Ich hoffe, daß Bernard morgen hiersein wird... Entschuldigt bitte diesen Besuch... Ich mußte kommen...«

Niemand fragte sie, warum, und so wandte sie sich dem Treppenhaus zu.

»Bis morgen, Antoine«, murmelte Ferdinand. »Ich weiß noch nicht, wann ich vorbeikommen kann. Ruf mich im Gericht an, wenn du mich brauchst. Ich bin fast den ganzen Tag dort...«

Véronique gab sich einen Ruck und küßte Fernande. Das war den beiden Frauen nur dreimal in ihrem Leben passiert.

»Ich habe Angst um Ferdinand, er arbeitet zu viel. Er gehört zu den Männern, die sich im Beruf aufreiben...«

Als die Tür endlich geschlossen war und die Schritte auf der Treppe sich entfernten, standen Antoine und Fernande sich gegenüber. Lange blieben sie so, ohne ein Wort zu sagen. Schließlich ging Antoine ins Schlafzimmer, wo er sich auszog. Seine Frau räumte die Tassen zusammen und stellte sie in den Ausguß in der Küche. Im Bad trafen sie sich wieder im Pyjama, wo Antoine sich die Zähne putzte, und sie seufzte:

»Das fängt ja gut an...«

»Hast du den Wecker aufgezogen?« fragte er nur zurück.

Denn sie war es, die das immer besorgte. Der Wecker

rasselte jeden Morgen um fünf. Jedesmal stellte Antoine ihn sofort mit einer längst automatischen Handbewegung ab, denn Fernande konnte noch zwei Stunden schlafen.

»Ferdinand hat mich am meisten enttäuscht... Ich hätte nicht gedacht, daß er sich auf ihre Seite stellt...«

Antoine gab keine Antwort. Sein Bruder hatte sich nicht eindeutig auf Nicoles Seite gestellt. Er war eher neutral geblieben, und der Grund dafür war seine Frau. Véronique hatte nur deshalb nichts gesagt, weil sie genau wußte, wie ihr Mann sich verhalten würde.

»Gute Nacht«, seufzte er.

»Gute Nacht, Antoine...«

Im Bett entstand eine leere Stelle zwischen ihnen. Überall gab es heute leere Stellen.

»Glaubst du, daß Antoine weiß, wo dein Vater sein Geld hinterlegt hat?«

Ferdinand antwortete nicht sofort. Zusammengesunken saß er auf dem Sitz neben seiner Frau, die sie zur Porte d'Orléans chauffierte. Er war grämlich und fühlte sich unbehaglich. Was geschehen war, hatte ihn angegriffen, und er sah weitere Schwierigkeiten voraus.

»Mein Vater hat nie über diese Dinge gesprochen...«, murmelte er schließlich.

Véronique war seine Frau, aber sie war keine Mature, war nicht in dem alten Haus in der Rue de la Grande-Truanderie geboren und erzogen worden.

Auguste war zeit seines Lebens ein fröhlicher Mann gewesen, mit sonorer Stimme und jederzeit zu einem Scherzwort aufgelegt, aber er war auch ein schlauer und zurückhaltender Bauer gewesen, der gewisse Dinge für sich behielt.

Ob seine Frau gewußt hatte, wieviel er verdiente, als sie das Geschäft noch zu zweit betrieben?

Er war der Mann, das Oberhaupt der Familie gewesen. Er hätte ebensogut Stammeshäuptling sein können, umgeben von Kindern, Schwiegertöchtern und Enkeln.

Wenn Auguste gar nicht erst versucht hatte, Ferdinand im Haus zurückzuhalten, so deshalb, weil er im voraus wußte, daß er nicht bleiben würde. Von seinem ersten Schuljahr an hatte Ferdinand sich des väterlichen Bistros geschämt, und wenn er gefragt wurde, was für einen Beruf sein Vater habe, antwortete er:

»Geschäftsmann.«

Auf dem Gymnasium war es das gleiche gewesen. Ferdinand besaß auch nicht die Statur der Mature. Zerstreut und in sich gekehrt, war er von den drei Brüdern der schmächtigste.

Am Familienleben hatte er nie wirklich teilgenommen, und in seiner Jugend war es sein einziger Wunsch gewesen, das Haus möglichst bald zu verlassen.

Er hatte sich nicht zu einem bestimmten Beruf hingezogen gefühlt, sondern sich für Jura entschieden, weil zwei seiner Kameraden sich in der juristischen Fakultät eingeschrieben hatten. Bald mußte er feststellen, daß er sich nicht dazu eignete, Prozesse zu führen, und daß ihn seine Schüchternheit im Gerichtssaal behinderte. Es war nicht eigentlich Schüchternheit. Er betrachtete alles in dem angestrengten Versuch zu begreifen, so als müsse er herausfinden, welchen Platz er unter den Menschen einnahm.

»Er muß aber doch sein Geld irgendwo gelassen haben...«

»Sicher...«

»Was mich wundert, ist, daß keiner von euch dreien es je gewagt hat, ihn danach zu fragen. Ihr seid doch seine Söhne...«

Leicht gesagt! Vielleicht hätte Antoine es gekonnt. Ferdinand empfand eine gewisse Zuneigung für seinen Bruder, von dem er doch so verschieden war. Mit Antoine war Auguste alles nach Wunsch gegangen. Statt zu studieren, war er in eine Lehre gegangen, während Bernard, kaum achtzehnjährig, den Krieg gleichsam zum Anlaß genommen hatte, um zur Armee zu gehen.

Er war nur sechs Monate geblieben, gerade so lange, wie die Deutschen brauchten, um nach Paris zu kommen. Danach hatte er nie mehr in dem Haus bei den Markthallen geschlafen.

»Glaubst du, daß er viel Geld zurückgelegt hat?«

»Er muß eine ganz schöne Summe zusammengebracht haben, und er gab fast nichts aus...«

»Antoine war sein Liebling, nicht wahr?«

»Antoine ist eben bei ihm geblieben.«

Die anderen hatten ihn gedrängt, sein Geschäft zu verkaufen, an Antoine oder wen immer, und dann mit seiner Frau zusammen sein Leben in seiner Heimat zu beschließen. Der Alte hatte davon nichts wissen wollen. Er brauchte seinen Zinktresen, die Marmortische, das Kommen und Gehen von früh bis spät, den Kaffee und die Croissants, den Schoppen Wein, den Duft der Gerichte, die zubereitet wurden.

»Womöglich ist er imstande gewesen, Antoine sein ganzes Vermögen zu überlassen, ohne irgend jemandem etwas davon zu sagen...«

»Das glaube ich nicht.«

Ferdinand war nicht reich. Er hatte nur sein Gehalt zum Leben. Vor fünf Jahren hatten er und seine Frau eine Dummheit begangen. Traf dabei seine Frau mehr Schuld als ihn? Und selbst wenn es ihre Idee gewesen war, so hatte er doch keinen Widerstand geleistet, jedenfalls nicht genügend.

Seit ihrer Hochzeit hatten sie immer in alten Häusern gewohnt, sei es in La Rochelle oder in Poitiers oder in Paris, wo sie in der Rue Saint-Louis-en-l'Ile eine Wohnung im dritten Stock ohne Aufzug hatten. Damals wohnten noch beide Kinder bei ihnen. Marie-Laure studierte Kunstgeschichte, Jean-Loup Medizin.

Die Wohnung war für vier erwachsene Personen zu klein geworden, es gab für alle nur ein Badezimmer, noch dazu mit einem altmodischen Badeofen.

Damals wurden in der Umgebung von Paris, im Grünen, die ersten modernen Wohnhäuser gebaut, sogenannte Luxuswohnungen, und es verging keine Woche, ohne daß Véronique ihrem Mann nicht die Zeitung mit Abbildungen von neuen Appartements zeigte.

»Sogar ein Schwimmbad ist dabei«, jubelte Jean-Loup.

Diese Wohnungen wurden nicht vermietet, sondern standen zum Verkauf.

»Nach der ersten Zahlung und nach zehn Jahresraten braucht man keine Miete mehr zu zahlen...«

An Sonntagen hatten sie sich mehrere angesehen. Sie

entsprachen nicht immer den Prospekten, aber Véronique begeisterte sich für die Appartementhäuser am Parc-de-Sceaux.

Sechs Monate mußten sie warten, bis das Haus fertiggestellt war. Endlich hatte jeder sein eigenes Schlafzimmer, sein Bad. Eine Terrasse ging auf die Grünanlagen, und ein Schwimmbad stand den Bewohnern von fünf Gebäuden zur Verfügung.

Ferdinand hatte nur zweimal darin gebadet. Er war sich seiner Schmächtigkeit und seiner geringen Körperbeherrschung bewußt. Er konnte kaum schwimmen und schämte sich. Véronique fand sich zu dick und badete ebensowenig.

»Wir brauchen dann kein Dienstmädchen mehr«, hatte sie verkündet, »alles ist elektrisch...«

Sie waren tatsächlich sieben oder acht Monate ohne Dienstmädchen ausgekommen, aber da Véronique Chauffeur spielen mußte, hatten sie zuletzt doch wieder eines angestellt.

Mit zweiundzwanzig war Marie-Laure als erste aus dem Haus gegangen, unter dem Vorwand, sie werde nun selber für sich sorgen. Sie hatte sich eng an eine Freundin angeschlossen, und die beiden hatten zusammen eine Boutique eröffnet. Zu Hause sah man sie nur noch selten. Sie verkehrte in anderen Kreisen, es bestanden keine Gemeinsamkeiten mehr zwischen ihr und den Eltern.

So blieb ein erstes Zimmer unbenützt, doch ließ man die Möbel von Marie-Laure stehen in einer Art abergläubischer Hoffnung, sie werde zurückkommen.

Aber wenn sie den Fuß in die Wohnung setzte, geschah es fast immer, um Dinge mitzunehmen, die ihr gehörten.

So räumte sie selber nach und nach das Zimmer aus, und schließlich blieb Ferdinand nichts anderes übrig, als ein Arbeitszimmer daraus zu machen.

Jetzt stand noch ein zweiter Raum leer, denn Jean-Loup lebte faktisch in der Salpêtrière, wo er Assistenzarzt war.

Jean-Loup war ein seltsamer junger Mann, unscheinbar und schüchtern wie sein Vater, fast ein Sonderling. Er wollte sich auf Kinderpsychiatrie spezialisieren. Auch er trug eine Brille, und bei seinen Kameraden galt er als ein Streber, der sich nur um seine Ausbildung kümmerte.

Eine Ausbildung, die teuer war. Auch Marie-Laure hatte viel Geld gebraucht, als sie ihre Boutique einrichtete.

Für die Wohnung mußten noch verschiedene Wechsel bezahlt werden, und die Zinslast wurde immer höher.

Es war nicht tragisch. Andere Ehepaare hatten die gleichen Schwierigkeiten. Ferdinand konnte nicht behaupten, es gehe ihm gesundheitlich schlecht. Er war nie wirklich krank gewesen. Er hatte immer nur Wehwehchen gehabt, Angina, Gliederschmerzen, Magenbeschwerden, die ihn ängstlich machten, ohne ihn ernstlich zu beunruhigen. Véronique, die in den Wechseljahren stand, war ihm keine große Stütze.

Mit dem Geld des Vaters wären sie gerettet. Ihr Anteil würde ausreichen, die Wechsel einzulösen, ja vorzeitig abzuzahlen, was sie für die Wohnung noch schuldeten.

Sie könnten sich einen neuen Wagen leisten – der ihre hatte schon über hunderttausend Kilometer –, sie könnten während der Ferien auf Reisen gehen, statt zwei oder drei Wochen in einem zweitklassigen Hotel in der Bretagne zuzubringen.

»Ich weiß nicht, ob es dir auch so geht... Ich fand das Verhalten Antoines nicht natürlich... Er sah so betreten aus, als ob er uns etwas verheimlichen wollte...«

Als der eine fünfzehn, der andere zwölf gewesen war, hatten sich die beiden Älteren ausgezeichnet verstanden, und oft hatte Antoine Ferdinand, den er bewunderte, zu seinem Vertrauten gemacht.

»Du hast nicht solche Schwierigkeiten in der Schule wie ich! Du hast es gut, du bist eben einfach intelligent...«

Ferdinand richtete ihn wieder auf:

»Du bist auch intelligent, nur vielleicht auf eine andere Art...«

Man konnte es sich fast nicht vorstellen, daß eine echte Intimität zwischen ihnen bestanden hatte, daß sie jahrelang im selben Bett geschlafen hatten.

Und heute abend hatten sie sich kaum anzublicken gewagt.

»Fernande traue ich auch nicht über den Weg... Schon allein, daß sie zwei Stunden gewartet haben, ehe sie uns anriefen... Es handelt sich doch um deinen Vater, oder nicht? ... Du bist der Älteste... Dir wäre es zugekommen, die Sache in die Hand zu nehmen...«

Sie waren angekommen. In der Garage, die zu dem Wohnhaus gehörte, standen stärkere und luxuriösere Wagen als der ihre nebeneinander.

Sie fuhren im Aufzug hoch. Wie auf der Ile Saint-Louis wohnten sie auch hier im dritten Stock. Véronique, die den Schlüssel in der Handtasche hatte, schloß auf und knipste das Licht an.

Das Haus im Viertel der Halles hatte einen Geruch,

den man auch nach monatelanger Abwesenheit wiedererkannte. Hier war das anders. Alles war sauber, ordentlich. Sie hatten sich neue Möbel anschaffen müssen, denn die alten, die ihnen in die verschiedenen Unterkünfte gefolgt waren, hatten nicht zum Innenausbau gepaßt.

»Hast du immer noch Halsweh?«

»Ein wenig...«

Sie gingen gleich in ihr Schlafzimmer und zogen sich einer vor dem anderen aus, wie immer.

Auch die beiden Brüder hatten sich einst voreinander ausgezogen, und heute fühlten sie sich als Fremde.

War Véronique ihm nicht fremd? Ihre gemeinsamen Erinnerungen reichten nur bis zu ihrer ersten Begegnung bei einem Studienfreund zurück. Sie war die Tochter eines angesehenen Geschäftsanwalts und hatte mit ihren Eltern am Boulevard Haussmann gewohnt, zu einer Zeit, als diese Gegend noch eine der reichsten von ganz Paris war.

Die Ehegatten hatten nicht die gleiche Vergangenheit, und so riefen die Wörter bei jedem andere Bilder hervor.

Sie hatten sich geliebt. Sie hatten es geglaubt. Sie hatten sich sicherlich geliebt, da sie geheiratet hatten und seither zusammenlebten.

Nie wäre Ferdinand auf den Gedanken gekommen, seine Frau zu betrügen, geschweige denn, sie zu verlassen.

Sie hatten zwei Kinder. Sie hatten fröhliche Stunden erlebt, vor allem als Jean-Loup und später Marie-Laure geboren wurden. Die Taufe, die erste Kommunion waren Anlaß zu frohen Festen gewesen.

Als sie in die neue Wohnung eingezogen waren, hatten sie zu viert ganz verzückt einen Rundgang gemacht, dann hatten sie Champagner getrunken und erklärt, daß die Sorgen nun vorbei wären und Niedergeschlagenheit künftig ein Fremdwort.

Ferdinand arbeitete viel. Er war gründlich, ein Perfektionist, dem man die Untersuchungsakten beinahe aus der Hand reißen mußte, weil sie ihn nie vollständig dünkten.

Nur in seinem Büro verspürte er ein gewisses Überlegenheitsgefühl. Dort zogen Männer und Frauen an ihm vorüber, die alle mehr oder weniger »Fälle« waren.

Er beobachtete sie mit seinen kurzsichtigen Augen, stellte ihnen Fragen und bemühte sich, sie zu verstehen. Er betrachtete sie nicht als Feinde der Gesellschaft, wie manche seiner Kollegen das taten, ja, einige schüchterten ihn geradezu ein durch eine Charakterstärke, die er an sich selbst nicht kannte.

Bald würde er, müde nach einer fast schlaflos verbrachten Nacht, wieder René Mauvis mit seinen gefesselten Handgelenken gegenübersitzen. Wie täglich seit zwei Wochen würde der Gang wieder brechend voll sein von Fotografen und Reportern.

Er konnte Mauvis abends nicht einmal in das Santé-Gefängnis zurückschicken, weil zu befürchten war, daß die Menge über ihn herfallen würde, und so ließ er ihn in einer Zelle im Justizpalast bewachen.

Was wußte er von Mauvis? Bis zu seinem zweiunddreißigsten Lebensjahr war er ein unauffälliger, musterhafter Bankangestellter gewesen, der in einem Geldinstitut arbeitete und allein eine Dreizimmerwohnung in der Rue de Turenne bewohnte, in der Nähe der Place des Vosges.

Mauvis war Junggeselle. Die Concierge hatte ihn nie mit

einer Frau nach Hause kommen sehen, und seinen Kollegen war nichts darüber bekannt, daß er je eine Freundin gehabt hätte. Seine einzige Leidenschaft schien das Billard zu sein. Zwei-, dreimal die Woche spielte er in einem Café am Boulevard Beaumarchais.

Er war angeklagt, im Abstand von sechs Monaten zwei kleine Jungen erdrosselt zu haben, und zwar im Wald von Saint-Germain, in den er, eigenen Aussagen zufolge, nie einen Fuß gesetzt hatte.

»Kannst du nicht einen Tag Urlaub machen und dich ausruhen? Am Samstag ist außer dir praktisch niemand im Gericht...«

Es stimmte. Er hatte das Recht, die Untersuchung nach seinem Ermessen zu führen, Tag und Stunde der Verhöre festzulegen. Der Gedanke schien ihm verlockend. Er mußte morgen, genaugenommen noch heute, ein Gespräch mit Antoine führen, vielleicht auch mit Bernard, wenn dieser aus dem Süden zurückkam.

»Hast du keinen Hunger?«

»Nein.«

»Willst du eine Tablette?«

Gemeint war eine Schlaftablette.

»Ich glaube, ich brauche keine... Gute Nacht.«

Sie küßten sich. Es war eine rituelle Geste, ehe jeder sich zum Schlafen auf seine Seite kehrte. Jeder war an den Geruch des anderen gewöhnt, an den Geruch des Paars, zuletzt atmeten sie sogar im gleichen Rhythmus.

Der Vater war tot. Ferdinand hatte ihn höchstens einmal im Monat gesehen, wenn er im Vorbeigehen eine Tasse Kaffee am Tresen trank.

»Willst du nicht mit uns zu Mittag essen?«

Manchmal gab er der Verlockung nach, genoß die Küche von früher, aber meistens lehnte er ab, weil er nicht bezahlen durfte.

Der Vater war gestorben. Plötzlich war eine große Leere entstanden.

3

Antoine zog sich im Halbdunkel geräuschlos an. Er wußte zwar, daß Fernande ihn hörte, doch vermied er es, mit ihr zu sprechen, um sie nicht ganz aus dem Schlaf zu reißen.

Noch einen Monat, und es würde hell sein, wenn er zum Einkaufen auf den Markt ging. Mitten in Paris verfolgte er wie auf dem Land den Wechsel der Jahreszeiten an der Zeit des Sonnenaufgangs.

Er hatte einen Rollkragenpullover und eine alte schwarze Lederjacke angezogen. Im ersten Stock öffnete er die Tür zur Wohnung seiner Eltern einen Spalt. Madame Ledru schlief auf dem Kanapee im Salon. Die Kerzen flackerten in dem Zimmer, in dem Auguste im Angesicht der Ewigkeit allein war.

Eine Totenwache hatte nicht stattgefunden. Niemand hatte bei dem Toten gesessen, und Antoine fühlte sich ein wenig schuldig.

In der Rue Pierre-Lescot war die Luft schon schwer vom Geruch des Gemüses, und ein eigenartiges Licht lag über dem Gewimmel kleiner schwarzer Gestalten, die sich in den eisernen Verkaufsständen geschäftig um Berge von Nahrungsmittel bewegten.

Die meisten waren seit dem Abend hier. Der Morgen

war frisch, und manche Frauen schlugen sich mit den Armen an die Seiten, um sich warmzuhalten. In den Kneipen wurden unentwegt Kaffee, Weißwein und Schnaps ausgeschenkt, wie früher im ›Auvergnat‹.

»Tag«, murmelte er im Vorübergehen.

Er kannte sie nicht alle beim Namen, aber ihre Gesichter waren ihm vertraut.

»Tag, Antoine«, grüßten sie zurück.

Vor allem die Alten, die ihn schon gekannt hatten, als er noch der kleine Junge war, der seinen Vater begleitete. Auch ein paar Leute aus dem Viertel waren darunter, mit denen er früher auf der Straße gespielt hatte.

Die anderen sagten respektvoller:

»Tag, Monsieur Antoine.«

Eine zahnlose Gemüseverkäuferin, die über zwei oder drei Wollpullovern ein Männerjackett trug, fragte ihn:

»Ist es wirklich wahr?«

»Es ist wahr, meine gute Berthe.«

»Immer hat er zu mir gesagt, daß er eines Tages an seinem Tresen sterben würde...«

Er sah die ersten Erdbeeren in zierlich geflochtenen Weidekörbchen und handelte den Preis aus, ehe er zwanzig davon kaufte.

»Nestor wird sie Ihnen gleich hinüberbringen. Ich habe auch Pfirsiche, natürlich sind es keine hiesigen.«

Er setzte den Weg fort, zuerst zwischen Bergen von Gemüse und Früchten, die in den Straßen aufgetürmt waren, dann in den Gängen zwischen den Verkaufsständen.

Er hatte seine Lieferanten. Er brauchte Blumen für die

Tische und wählte Anemonen, dann kehrte er noch einmal um und kaufte ein paar Sträuße Chrysanthemen für das Totenzimmer.

Die Nacht war nun weniger dunkel, die Lampen verblaßten über den Köpfen. Während er ging, entstanden fast wie von selbst die Menüs in seinem Kopf.

»Man hat mir gesagt, was passiert ist... Ihr armer Papa...«

Oder es hieß:

»Wer hätte das gedacht, daß der alte Auguste so plötzlich gehen würde! Im Grunde ist es besser so... Er war so stolz auf seine Kraft, er hätte sich geschämt, wenn er krank geworden wäre...«

Jeder in dieser kleinen Welt der Halles hatte die Nachricht erfahren, und selbst diejenigen, die nichts sagten, sahen ihn ernster als sonst an.

Er mußte sich jetzt um die Beerdigung kümmern, doch wollte er nichts unternehmen, ohne sich zuvor mit seinen beiden Brüdern verständigt zu haben. Seinerzeit waren sie erleichtert gewesen, daß Antoine bei den Eltern blieb, weil sie dadurch eine Verantwortung los waren.

Jetzt, wo Auguste tot war, würden sie es ihm verübeln, wenn er auf eine Sonderstellung pochte.

Heute nacht hatte es ja schon angefangen. Selbst Nicole, die eigentlich nicht zur Familie gehörte, war herbeigeeilt, um Bernards Rechte wahrzunehmen.

Was Ferdinand anging, so war seine Haltung nicht eindeutig, aber wahrscheinlich würde er sich im entscheidenden Augenblick nicht auf Antoines Seite stellen.

Dabei war Antoine von den dreien der am wenigsten

Begünstigte gewesen, da er vier lange Jahre in einem Gefangenenlager in Pommern verloren hatte.

Ferdinand hatte wegen seiner Kurzsichtigkeit keinen Wehrdienst geleistet. Er hatte die Kriegsjahre in La Rochelle verbracht, wohin er kurz zuvor berufen worden war.

Und Bernard war freigekommen, nachdem er sechs Monate zwar in Uniform, aber weit hinter der Front verbracht hatte.

Es war nicht Antoine gewesen, der seinem Vater vorgeschlagen hatte, bei ihm zu bleiben. Antoine hätte noch ein paar Jahre in der ›Brasserie de Strasbourg‹ oder anderswo arbeiten und genügend Geld beiseite legen und sich dann in jedem beliebigen Pariser Viertel niederlassen können. Er war arbeitsam und kannte sein Metier.

Wenn er den Vorschlag seines Vaters angenommen hatte und geblieben war, so vielleicht, damit es weiterhin einen Mature in der Rue de la Grande-Truanderie gab. Seine beiden Brüder hatten schon sehr früh den Wunsch gehabt, von zu Hause fortzukommen. Er nicht. Und zwar keineswegs, wie man hätte annehmen können, aus Angst vor der Zukunft.

Er fühlte sich wohl in dem kleinen Restaurant voll angenehmer Gerüche, an das er so oft gedacht hatte, wenn er sich in Deutschland fragte, ob er wohl das Ende des Krieges erleben werde.

Sein Vater schickte ihm Pakete und die Mutter Karten voller Fehler. Nie gab er zu, wenn er ihnen antwortete, daß er sich niedergeschlagen fühlte oder gar daß er zeitweise an Dysenterie litt.

»Du bleibst also?«

»Ich bleibe«, hatte er lächelnd geantwortet.

Was an jenem Tag geschehen war, war unerwartet gewesen. Gegen sieben Uhr morgens standen sie beide unter der Tür. Es war Mai. Der Frühling war in jenem Jahr besonders schön.

Eben noch waren sie Vater und Sohn gewesen, die da Seite an Seite standen und dem Betrieb in der Straße zuschauten.

Aber sobald Antoine seine Antwort gegeben hatte, änderte sich das Verhältnis zwischen den beiden Männern. Wie von selbst waren sie auf einmal Geschäftspartner geworden, beinahe Komplizen, und der Altersunterschied war aufgehoben.

»Du glaubst doch auch, daß jetzt der richtige Moment ist, um zu vergrößern?«

»Wir müssen von der neuen Kundschaft profitieren, und zwar schnell.«

»Im ersten Stock wird die Wohnung frei. Die Meyers ziehen wieder heim ins Elsaß.«

Die Meyers, die Chaves, die kleine Madame Brossier, die Maniages, die Gagneaux, die Allards, Justine und Bertha und hundert andere waren für sie nicht bloß Namen, sondern Gesichter, lebende Personen, die irgendwann einmal in ihr Leben getreten waren.

Manche waren wieder daraus verschwunden und hatten nur flüchtige Spuren hinterlassen. Andere lebten noch, und sie grüßten heute morgen den Sohn des alten Auguste sehr ernst.

Für sie war er der Erbe. Für sie, aber nicht für seine Brüder oder seine Schwägerin oder Nicole.

Sie wußten nicht einmal, wie alles gekommen war. Zuerst, als noch die Erweiterungspläne besprochen wurden, hatte Antoine seine Mutter am Herd abgelöst und neue Spezialitäten ausgetüftelt.

Die Kunden gewöhnten sich an ihn. Die weiße Mütze auf dem Kopf, kam er und begrüßte sie, wenn sein Vater ihn darum bat.

»Komm einen Augenblick. Monsieur Bicard möchte dich kennenlernen...«

Er trocknete sich die Hände an der Schürze ab, und voll Stolz sagte Auguste, indem er auf seinen großen, breitschultrigen Sohn wies:

»Mein Sohn Antoine, der jetzt mein Teilhaber ist...«

In Wirklichkeit bestand damals noch gar keine echte Teilhaberschaft. Sein Vater gab ihm soviel Geld, wie er brauchte, genau wie früher, als er noch ein junger Mann war.

»Wieviel hast du in der ›Brasserie de Strasbourg‹ verdient? Ich biete dir das Doppelte.«

Das war mehrere Monate nach seinem Eintritt beim Vater gewesen, und seine Brüder billigten es.

Die Glaswand zwischen dem zweiten Saal und der Küche war seine Idee gewesen: Ein Kamerad hatte ihm einmal von einer solchen Einrichtung erzählt, die er in einem Mailänder Restaurant gesehen hatte.

Joseph, der schon vor dem Krieg im Restaurant gearbeitet hatte, hatte spöttisch hingeworfen:

»Die Kunden werden sich vorkommen wie im Kasperletheater...«

Aus diesem Grund hieß der zweite Saal seit damals

»Kasperletheater« oder »Senat«. Den ersten Saal mit seinem Zinktresen und den altmodischen Marmortischen hatten sie schließlich seiner Vergangenheit wegen »Flohbude« getauft.

»Übernimm du die Flohbude, ich bediene im Kasperletheater...«

Die Kunden hatten davon natürlich keine Ahnung. Ebensowenig kannten sie die Spitznamen, die der alte Joseph dem einen oder anderen von ihnen gab.

Ein Minister, der mindestens einmal in der Woche zum Mittagessen kam, wäre wenig erbaut gewesen, wenn er erfahren hätte, daß er hier »die Kugel« war, und eine Dame der Pariser Gesellschaft hätte der Schlag getroffen, wenn sie gewußt hätte, daß sie in der Rue de la Grande-Truanderie ganz ordinär »die Galosche« hieß.

Als Antoine Fernande begegnete, lebte er noch als Angestellter bei seinen Eltern. Seine Mutter versah den Haushalt im ersten Stock, wo er in dem Zimmer schlief, in das später Madame Ledru einzog.

Fernande war noch blutjung, schmächtig und verloren in einer Welt, in der sie sich nicht zurechtfand. Kaum ein paar Monate waren vergangen, seit sie aus ihrem bretonischen Dorf nach Paris gekommen war, und schon landete sie – nach ein paar Abenden in einem Tingeltangel in der Rue de Lappe – auf dem Trottoir des Boulevard Sébastopol.

Er brauchte einige Zeit, ehe er wußte, daß er sie liebte, und erst dann sorgte er dafür, daß sie ein anderes Leben anfing, und mietete ihr ein Zimmer in einem Hotel in der Rue Etienne-Marcel, wo er sie jede Nacht besuchte.

Weil er als einziger bei seinen Eltern geblieben war, konnte seine Mutter sich nicht an den Gedanken gewöhnen, daß er nun ein Mann war, und machte sich Sorgen, als sie merkte, daß er außer Haus schlief.

»Du solltest heiraten, Antoine. Es gibt doch genug anständige Mädchen im Viertel. Wozu denn groß herumsuchen. Ich bin sicher, daß Marie Chaussard ...«

Das waren ihre Nachbarn. Die Chaussards waren Metzger. Der Vater war um dieselbe Zeit wie Auguste nach Paris gekommen, und beide hatten sich, mit nur einem Jahr Abstand, selbständig gemacht.

Marie war ein frisches Mädchen und drall, wie nach seiner Erfahrung die meisten Frauen, die in einer Metzgerei leben.

Sie war etwas jünger als er. Auch ihr Bruder, Léon, arbeitete mit dem Vater und zerlegte ab sechs Uhr früh die geschlachteten Tiere hinter den noch geschlossenen Ladengittern.

Antoine hatte drei Jahre später nicht Marie Chaussard, sondern Fernande geheiratet, und seine Mutter hatte viele Tränen vergossen. Dann hatte er gewartet, bis die Wohnung im zweiten Stock frei wurde, und war dort eingezogen.

Seine Brüder wußten so gut wie nichts über das Leben, das er dort führte. Sie sahen es nur von außen. In ihren Augen hatte Antoine eine Schlampe geheiratet, die ihn unterm Pantoffel hatte.

Später hatten sie wohl oder übel feststellen müssen, daß die Schlampe keine so schlechte Ehefrau abgab.

Antoine selber bedauerte nur eins: daß er keine Kinder hatte, weil sich Fernande wenige Wochen nach ihrer Ankunft in Paris eine Geschlechtskrankheit zugezogen hatte und sich hatte operieren lassen müssen. Er verzieh es den Ärzten nicht, daß sie buchstäblich wie Metzger mit ihr umgegangen waren. Sie selber litt noch immer darunter, und selbst nach so vielen Jahren schämte sie sich, ihn ihren Bauch sehen zu lassen.

»So ist das Leben...«, wie François, der rothaarige Cafékellner zu sagen pflegte, der mit seinen fünfunddreißig Jahren fünf Kinder hatte und dessen Frau ein sechstes erwartete.

François hätte an einem oder zwei oder höchstens an dreien genug gehabt. Er hatte sich bei Romainville, in der Nähe der Steinbrüche, eine Wohnung nehmen müssen, damit all sein junges Gemüse Platz hatte.

»So ist das Leben...«

Heute lief die Schlampe von ehedem mehrmals am Tag hinauf, um nach ihrer Schwiegermutter zu sehen, die sich dessen nicht mehr bewußt wurde.

In ihrem Sessel oder in ihrem Bett lebte sie in einer Art Traumwelt, und Gott weiß, welche Gestalt ihre Umgebung in ihren Augen annahm.

Manchmal lächelte sie ausdruckslos wie ein Säugling, oder sie klammerte sich an Madame Ledrus Arm, wenn eine unbestimmte Angst sie überfiel.

Sie war so abgemagert, daß sie körperlos zu sein schien. Sie litt nicht. Sie lebte in ihrer Welt und erkannte niemand von den Menschen um sie herum.

Gleich würde Jojo, der Idiot der Markthallen mit den riesig großen Händen, Antoines Obststeigen und Säcke ins Restaurant bringen.

Antoine befand sich wieder in der Rue de la Grande-Truanderie, eben trat er durch die kleine Tür bei Léon Chaussard ein. Léon war zwei Jahre älter als er und besaß vier Metzgereien in Paris. Auch er hatte seinen Vater im Haus behalten, und noch immer machte der alte Mann mit seinen dreiundachtzig Jahren jeden Morgen seine Runde durch die Verkaufsstände der Markthallen.

Wenn am Nachmittag ein Sonnenstrahl auf den Gehsteig vor der Metzgerei fiel, setzte sich der Greis auf einen Stuhl und blieb dort, seine Pfeife schmauchend, eine oder zwei Stunden sitzen und beobachtete die Passanten.

»Was kannst du mir heute empfehlen?«

»Ich habe schönes Kalbsbries, nicht zu teuer...«

»Gib mir fünfzehn Portionen. Hast du Lammkoteletts?«

»Keine, wie du sie haben möchtest...«

Antoine befühlte verschiedene Fleischsorten, wählte aus und änderte dementsprechend seine Menüs.

»Stimmt es, daß es mitten im Restaurant passiert ist?«

»Ja...«

»Hat er gemerkt, daß er stirbt?«

»Ich weiß es nicht... Er ist umgefallen, und gleich darauf sah er aus, als hätte er das Bewußtsein verloren. Sein eines Auge war zu. Er atmete nur noch mit Mühe. Ich frage mich, ob man in solchen Fällen noch denkt...«

»Deine Mutter weiß nichts?«

Antoine zuckte die Achseln.

»Du weißt ja, in welchem Zustand sie ist.«

»Im Grunde ist es besser für sie...«

Vielleicht auch für Auguste, dem es erspart blieb, seine

Frau zu begraben. Seit ihrer Heirat hatte er sie keine einzige Nacht allein gelassen, und noch in der allerletzten Zeit, als sie ihn bereits wie einen Fremden oder einen wohlvertrauten Hund behandelte, setzte er sich ihr gegenüber in der Hoffnung, sie könnten den Faden Gott weiß welchen Gesprächs wiederaufnehmen.

»Sind deine Brüder gekommen?«

»Nur Ferdinand… Bernard konnte nicht benachrichtigt werden, er ist verreist…«

Wie Antoine zwei Brüder, hatte Léon zwei Schwestern. Eine davon war jene Marie, die Antoine hätte heiraten sollen. Beide Schwestern waren verheiratet, Marie mit einem Steuerbeamten, und als Léon das Geschäft seines Vaters übernahm, hatte er mit beiden Schwägern Ärger gehabt.

»Hat Ferdinand etwas gesagt?«

Sie verstanden sich ohne viel Worte.

»Am meisten geredet hat Nicole…«

»Hat Bernard sie endlich geheiratet?«

»Nein, aber das kommt aufs gleiche heraus. Vergangene Nacht hätte man meinen können, sie spricht im Namen der Familie, um mich zur Rechenschaft zu ziehen.«

»Deine Papiere sind hoffentlich in Ordnung?«

»Ich habe nur den Brief, in dem mein Vater bestätigt, daß ich zur Hälfte am Geschäft beteiligt bin.«

»Notariell beglaubigt?«

»Nicht einmal das. Mein Vater hat sich von jemandem beraten lassen, den er seinen ›Rechtsbeistand‹ nannte, eine Art Rechtsberater, der in der Rue Coquillière, ein kleines Büro hatte.«

»Kennst du ihn?«

»Ich habe ihn ein-, zweimal gesehen, als er im Restaurant aß. Das ist schon lange her. Ein schmuddeliger, schlecht angezogener Kerl, der immer mit einer dicken schwarzen Aktentasche herumlief... Jason, glaube ich, ja, Ernest Jason.«

»Ist er Rechtsanwalt?«

»Nein. Soviel ich weiß, ist es ein ehemaliger Gerichtsvollzieher, der irgendwelche Scherereien gehabt hat. Mein Vater hatte volles Vertrauen zu ihm, weil seine Familie aus Riom stammte.«

»Glaubst du, daß deine Brüder dich zwingen werden, zu verkaufen oder ihnen ihren Anteil auszubezahlen?«

»Ich bin auf alles gefaßt... Vor allem bei den zwei Frauen... Meine Schwägerin, die sich früher immer geweigert hat, mit Nicole zu sprechen, hat sich auf ihre Seite gestellt.«

»Du würdest gut daran tun, nichts zu unternehmen, ohne einen Rechtsanwalt aufzusuchen, jemand Seriösen, der sich in Geschäftsdingen auskennt.«

Sie gaben sich nicht die Hand, sie kannten sich zu lange.

»Wiedersehen, Léon.«

»Viel Glück.«

Es war kurz nach sieben. Die Rolläden am Bistro waren hochgezogen, und Jules, in blauer Schürze und aufgekrempelten Hemdsärmeln, hatte die Kaffeemaschine eingeschaltet. Ein Korb ofenwarmer Croissants stand auf dem Tresen, daneben, auf einem Drahtgestell, eine Pyramide hartgekochter Eier.

»Morgen, Chef.«

Antoine ging um den Tresen herum, um sich einen

Kaffee einzugießen. Er aß drei Croissants und, nach kurzem Zögern, ein hartes Ei. An einem Tisch hatten zwei Gemüsehändler dicke Brote aus der Tasche gezogen und tranken dazu ihren Weißwein.

»Ist meine Frau noch nicht heruntergekommen?«

»Nein, noch nicht.«

»Hat jemand angerufen?«

Um diese Zeit ging er immer nach oben, um zu duschen und sich umzuziehen. Sobald dann der Küchenchef kam, stellten sie gemeinsam das Menü für den Mittag und für den Abend zusammen.

Immer wurden nur zwei oder drei Gerichte ausgewechselt und mit roter Tinte in die große Speisekarte eingetragen.

Die anderen Speisen, von den Wurstspezialitäten bis zur »Flangarde«, einer Art kaltem Pudding, wurden nicht ausgetauscht.

»Ist das Brot geliefert worden?«

Eben hatte er festgestellt, daß nur noch drei Laibe Brot im Fenster lagen.

»Wenn mein Bruder kommt, sag mir Bescheid.«

»Der Richter?«

Für jedermann, einschließlich der Familie, war Ferdinand der Richter.

»Mein Sohn, der Richter...«, hatte noch tags zuvor der alte Auguste gesagt.

Er war stolz auf ihn gewesen. Zwar waren die Bande zwischen ihnen sozusagen aufgehoben, aber nichtsdestoweniger war dieser Staatsbeamte einer seiner Söhne.

Antoine war ein Mensch wie er. Sie verstanden sich. Sie

führten das gleiche Leben, sie hatten die gleiche Art zu denken, sie lebten unter denselben Leuten.

Manchmal, wenn Auguste an einem Tisch bei alten Kunden ein Gläschen trank, sagte Antoine leise:

»Denk daran, was dir der Arzt gesagt hat …«

»Ich habe nur ein wenig genippt. Ich kann doch alten Freunden nicht abschlagen, mit ihnen anzustoßen …«

Er hatte ein wenig Angst vor Antoine. Wenn er ein Glas in der Hand hielt und Antoine ihn von weitem ansah, kam er sich ertappt vor. Gelegentlich mogelte er sogar und schenkte sich am Tresen ein Glas ein, wenn Jules kurz nicht da war, und glaubte, man würde es nicht bemerken.

Nicht Fernande hatte Antoine vor Jahren gedrängt, mit seinem Vater zu sprechen. Der Gedanke war Antoine selbst gekommen, und er hatte all seinen Mut zusammennehmen müssen, als ob er etwas Böses im Schilde führte.

»Wir müssen ernsthaft miteinander reden, Papa …«

Allein diese paar Worte waren fast unvorstellbar in einem Haus, wo sich das Leben wie in der Natur abspielte: ohne Komplikationen, ohne wirkliche Probleme.

»Worum geht es denn, Antoine?«

Es war gegen elf, als im Lokal wenig los war. Sie saßen im Kasperletheater. Hinter der Glasscheibe konnte man Julien Bernu mit seinem Gehilfen wirtschaften sehen. Es war noch nicht Arthur, der damals erst siebzehn war, auch die dicke Louise war damals noch nicht zum Gemüseputzen eingestellt.

»Ich bin jetzt über dreißig … Ich bin verheiratet … Ich könnte Familienvater sein …«

»Ist deine Frau schwanger?«

»Nein. Der Arzt behauptet, daß sie keine Kinder bekommen kann.«

»Ist es das, worüber du mit mir sprechen willst?«

»Ich möchte mit dir über meine Situation im Geschäft reden ...«

»Ich verstehe«, hatte Auguste gesagt, und seine Stirn hatte sich verdüstert.

Mit einer Handbewegung hieß er seinen Sohn schweigen.

»Ich an deiner Stelle würde genauso handeln. Es ist ganz natürlich, daß du an die Zukunft denkst.«

»Ich arbeite gern mit dir zusammen«, murmelte Antoine gesenkten Kopfes, »aber nimm mal an ...«

»Nehmen wir an, daß ich eines Tages sterbe, ja ... Deine zwei Brüder werden ihren Anteil am Restaurant verlangen, in dem sie nie gearbeitet haben ...«

Auguste hatte sich eine der kleinen, sehr schwarzen Zigarren angezündet, die er von Zeit zu Zeit rauchte.

»Du hast recht. Wir müssen das in Ordnung bringen. Ich muß mich bei meinem Rechtsbeistand erkundigen.«

Er hatte nicht gesagt, daß er mit Ferdinand darüber sprechen wolle, für ihn bezeichnete das Wort Rechtsbeistand sowohl Anwälte und Notare als auch Gerichtsvollzieher und Richter.

Jetzt, siebzehn Jahre nach dieser Unterredung, ermaß Antoine zum erstenmal ihre Folgen.

Wochen waren vergangen, ohne daß die beiden Männer auf das Thema zurückkamen. Eines Nachmittags aber, als Antoine eben vom Mittagsschlaf herunterkam, reichte ihm sein Vater einen Umschlag:

»Lies dieses Papier durch und sag mir, ob dir das reicht.«

Antoine ging wieder in seine Wohnung hinauf und las es fast verstohlen.

»Was ist denn das?« fragte Fernande.

»Ein Geschäftspapier.«

»Etwas Unangenehmes?«

Der Unterzeichnete, Auguste-Victor-André Mature, geboren den 25. Juli 1887 in Saint-Hippolyte, Puy-de-Dôme...

Antoine las das Geburtsdatum zweimal. Es kam ihm so fern vor!

... Eigentümer der unter dem Namen ›Chez l'Auvergnat‹ bekannten Gaststätte in der Rue de la Grande-Truanderie...

Sein Vater hatte aufs sorgfältigste einen Text abgeschrieben, den ein anderer für ihn verfaßt hatte. Er hielt darin fest, daß das Restaurant als Ausgleich für die von Antoine im Geschäft investierten Summen und für die geleistete Arbeit künftig beiden Männern je zur Hälfte gehörte und daß der Reingewinn nach dem Jahresabschluß zu gleichen Teilen zwischen ihnen geteilt würde.

Einige Tage später hatte Antoine dieses Papier Ferdinand gezeigt.

»Was hältst du davon?«

»Wer hat den Text verfaßt?«

»Ein Bekannter von Papa, zu dem er Vertrauen hat...

Warum fragst du danach? Ist irgend etwas nicht in Ordnung?«

»Hervorragend ist es gerade nicht, aber alles in allem kann man es dabei belassen… Hast du wirklich Geld ins Geschäft gesteckt?«

»Meine ganzen Ersparnisse.«

Ferdinand hatte ihn ironisch angesehen:

»Du hast es gut, du konntest etwas beiseite legen! Man sieht, daß du keine Kinder hast…«

»Ich muß auch mit Bernard darüber sprechen.«

»Das wird ihn ermuntern, dich häufiger anzupumpen…«

Wie schnell war die Zeit vergangen! Es war, als hätte die Unterredung gestern stattgefunden, und doch hatte sich das Restaurant inzwischen seine zwei Sterne im Guide Michelin verdient; und Marie-Laure, die hätte heiraten und Mutter werden können, hatte sich von der Familie getrennt und betrieb ein Geschäft; Auguste war gestorben, und seine Frau gehörte praktisch nicht mehr der Welt der Lebenden an.

Hatte Antoine richtig gehandelt, als er das Papier unterzeichnete, das sein Vater ihm eines Nachmittags mit ernster Miene, womöglich widerstrebend, gereicht hatte?

Als Antoine eine Stunde später wieder hinunterging, standen ein halbes Dutzend Kunden am Tresen, andere saßen an den Tischen. Es war die Morgenkundschaft, die von den Halles und aus der Nachbarschaft kam. Alle sprachen natürlich von dem, was am Vorabend geschehen war, und so entstand eine plötzliche Stille, als Antoine eintrat.

»Ist mein Bruder nicht gekommen?« wandte er sich erstaunt an Jules, der Gläser spülte.

»Er ist in den ersten Stock hinaufgegangen.«

Antoine war frisch rasiert und trug wie gewöhnlich einen dunklen Anzug. Er ging in den ersten Stock hinauf und öffnete die Tür, die nie abgeschlossen wurde, damit Madame Ledru nicht unnötig gestört wurde. Wozu auch abschließen?

Seine Mutter saß schon im Lehnstuhl am Fenster, dessen Musselinvorhang zurückgezogen war, damit sie sehen konnte, was auf der Straße geschah.

Madame Ledru, die Zeit gefunden hatte, sich herzurichten, gab ihr das Frühstück: kleine Bröckchen Butterbrot, in weiches Ei getunkt, die sie der alten Frau auf dem Löffelrand zwischen die Lippen schob.

»Suchen Sie Monsieur Ferdinand? Er ist hinten ...«

Antoine fand ihn am Fußende des Bettes vor, auf dem ihr Vater zwischen zwei frisch angezündeten Kerzen lag.

Ferdinand stand reglos da, den Blick auf das Gesicht des Toten gerichtet, von dem das Handtuch entfernt worden war, und schien zu beten. Betete er wirklich? Hatte Véronique, die jeden Sonntag zur Messe ging und freitags fastete, ihn bekehrt?

Lange standen die beiden Brüder schweigend nebeneinander, in die gleiche Richtung blickend, und vielleicht fanden sie in dieser Zeit etwas von der Verbundenheit wieder, die während ihrer Kindheit zwischen ihnen bestanden hatte.

Ferdinand wandte sich als erster zur Tür. Antoine folgte ihm. Keiner von beiden blieb in dem düsteren Salon stehen, wo beide sich fehl am Platz vorkamen. Sie gingen hinunter und setzten sich an einen Tisch im zweiten Saal, der leer war.

»Ist Véronique nicht mitgekommen?«

»Sie hat mich vor der Tür abgesetzt. Da sie schon in der Gegend war, wollte sie die Gelegenheit dazu benützen, in den Halles ein paar Besorgungen zu machen...«

Sie hatte offensichtlich die beiden Brüder allein lassen wollen, es sei denn, Ferdinand selbst hätte es so gewünscht.

»Hast du Nachricht von Bernard?«

»Noch nicht.«

»Glaubst du wirklich, daß Nicole nicht weiß, wo er ist?«

»Schwer zu sagen bei ihr...«

Bernard war für Ferdinand eine ständige Sorge, da er die ärgerliche Angewohnheit hatte, sich auf ziemlich anrüchige Geschäfte einzulassen, und mehr als einmal war es vorgekommen, daß er einen ungedeckten Scheck unterzeichnet hatte. Jedesmal hatte entweder der Vater oder einer der Brüder ihm aus der Patsche geholfen, aber immer war das vielleicht nicht möglich, und dann konnte Ferdinand im Justizpalast in eine peinliche Lage geraten.

»Wie war er, als du ihn das letzte Mal gesehen hast?«

»Neu gekleidet, mit einem triumphierenden Lächeln... Er war dabei, eine Gesellschaft für den Verkauf von Fernsehprogrammen ins Ausland aufzubauen...«

Bernard hatte seine euphorischen Phasen. Dann war er tipptopp angezogen, legte sich die Allüren eines bedeutenden Geschäftsmannes zu und nannte als Mitgesellschafter bekannte Persönlichkeiten, mit denen er, wenn man ihm glauben wollte, auf du und du stand.

»Ich habe gestern mit dem Minister diniert, und er sagte mir ...«

Das Erstaunliche war, daß es manchmal sogar stimmte. Man sah ihn im ›Fouquet's‹ im ›Maxim's‹ im ›Berkeley‹ und nachts in den Bars, die gerade in Mode waren.

Sonntags schaffte er es, sich auf private Landsitze im Departement Seine-et-Oise oder Eure einladen zu lassen, und meistens hatte er einen Wagen. War es seiner, oder hatte er ihn von einem Freund geborgt?

»Glaubst du an dieses Geschäft?« fragte Antoine, der einiges von der Meinung seines älteren Bruders hielt.

»Wie an die anderen ...«

Ein paar Wochen später war nicht mehr die Rede davon. Dann hatte man wieder einen Bernard im Wellentief vor sich, mit gespannten Gesichtszügen und ausweichendem Blick.

»Hör zu, Ferdinand, du mußt mir unbedingt – zum letzten Mal – aus der Klemme helfen. Mit fünf Scheinen komme ich über die Runden, bis die große Summe eingeht, die ich erwarte. Dann bekommst du dein Geld zurück, und für den Fall, daß alle Stricke reißen, hast du ja mein Erbteil als Garantie ...«

War es allein seine Schuld? Als er nach dem Einmarsch der deutschen Truppen aus der Armee entlassen wurde, fing eben der schwarze Markt zu blühen an, und Bernard hatte entdeckt, wie man damit Geld verdienen konnte.

Er verschaffte einem Klempner in der Provinz ein Faß Nägel und bekam dafür Schinken, den er teuer weiterverkaufte. Alle Waren wurden knapp, alles war für den Schwarzhandel geeignet. Man brauchte lediglich herauszufinden, wo man sich die Ware beschaffen konnte, die zum Tauschwert wurde.

In seinen Stammkneipen spitzte er die Ohren, und so wurde er zum Mittelsmann bei umfangreichen Schiebergeschäften.

»Na und?« sagte er. »Was tue ich denn Schlimmes? Mein Vater tut es doch auch, oder? Wenn sich niemand um den schwarzen Markt kümmern würde, wäre Paris längst verhungert...«

Ferdinand lag offenbar daran, über Bernard zu sprechen.

»Es sollte mich wundern, wenn er nicht heute noch ankäme. Nicole hat bestimmt schon mit ihm über die Erbschaft gesprochen...«

»Ich kann nichts dafür, daß Vater kein Testament hinterlassen hat.«

»Bernard wird es nicht glauben.«

»Und du?«

»Wir haben vielleicht nicht gründlich genug gesucht... Er kann es auch bei einem Notar hinterlegt haben oder in einem Banksafe... Du hast doch mit ihm zusammengelebt, du mußt doch wissen, ob er manchmal auf eine Bank gegangen ist, und wenn, dann hat er sich sicher eine Bank im Viertel ausgesucht...«

Antoine schwieg, wußte keine Antwort. Er sah schuldbewußt aus, obwohl er sich unschuldig fühlte.

»Wann hast du ihm jeweils seinen Gewinnanteil ausgezahlt?«

»Ende Januar nach der Inventur...«

»Eine hohe Summe?«

»Ziemlich hoch ...«

»Hast du sie ihm per Scheck ausgezahlt?«

»Nein. Bar. Hier in den Markthallen wird alles bar erledigt. Die Versteigerer, die Gemüsehändler, die Wiederverkäufer – alle haben immer die Taschen voller Geldscheine.«

»Er hat seinen Anteil Ende Januar bekommen?«

»Anfang Februar. Am 3. Februar genau.«

»Was hat er damit gemacht?«

»Das weiß ich nicht. Er ist damit nach oben gegangen ...«

»Wir haben aber kein Geld gefunden.«

»Vielleicht, weil wir nicht gründlich genug gesucht haben, wie du sagtest ... Jetzt ist März. Er hat Zeit gehabt, das Geld irgendwohin zu bringen ...«

»Hat er dir nie gesagt, ob er Häuser kaufte?«

»Er hat mir nie irgend etwas anvertraut ... Und mir stand es nicht zu, ihn auszufragen ... Hättest du dich getraut, Rechenschaft von ihm zu verlangen?«

Ferdinand mußte zugeben, daß auch er sich nicht getraut hätte. Mochte ihr Vater auch älter geworden und manchmal von geradezu rührender Naivität gewesen sein, so war er doch das Familienoberhaupt geblieben und hatte darauf auch den größten Wert gelegt.

»Als ich mich vorhin mit Léon unterhielt, ist mir ein Gedanke gekommen ...«

»Mit dem Metzger?«

»Ja ... Ich erzählte ihm von dem Papier, das Vater seinerzeit unterschrieben hat. Er hat es nicht selber abgefaßt. Er hat bloß einen Text abgeschrieben, den jemand anders für ihn aufgesetzt hat. Ich glaube, ich weiß, wer ... Ein gewisser Jason, Ernest Jason, der früher in der Rue Coquillière ein Büro hatte. Zwei- oder dreimal war er hier zum Mittagessen. Ein älterer Mann mit einem ungesunden gelblichen Teint. Ich weiß nicht, was aus ihm geworden ist, aber ich will versuchen, es herauszufinden.«

»Am besten wäre es, wenn man ihn noch vor Bernards Rückkehr aufstöbern könnte.«

Es war merkwürdig, welche Angst sie beide, vor allem Ferdinand, vor ihrem jüngeren Bruder hatten, der beinahe auf die schiefe Bahn geraten wäre.

»Wann soll die Beerdigung sein?«

»Ich habe noch nicht darüber nachgedacht... Am Dienstag?«

»Dann aber möglichst früh, ich habe am Dienstag einen schweren Tag im Justizpalast.«

»Man kann sie frühestens auf neun Uhr legen.«

»Ich nehme an, daß eine Predigt gehalten wird?«

»Ich werde mich heute vormittag darum kümmern. Zuerst muß ich zu den Leuten vom Beerdigungsinstitut.«

»Verschickst du Todesanzeigen?«

Mit großer Selbstverständlichkeit schob Ferdinand alle diese Sorgen auf seinen Bruder ab.

»Das ist unerläßlich.«

»Den Namen Nicoles kannst du nicht auf die Todesanzeige setzen...«

»Natürlich.«

»Noch eine Frage... Denke nicht, daß ich sie dir aus persönlichem Interesse stelle... Auf wie hoch schätzt du das Geschäft in neuen Francs?«

»Schwer zu sagen... Die Entscheidung, die Markthallen

nach Rungis zu verlegen, ist bereits gefallen und endgültig. Dann werden die meisten alten Häuser abgerissen, also auch dieses hier, wahrscheinlich die ganze Straße. Die Formalitäten ziehen sich noch in die Länge, aber aller Voraussicht nach ist das Viertel in drei Jahren verschwunden. Also müßte der neue Besitzer spätestens in drei Jahren sein Geld herausgewirtschaftet haben. Unter diesen Umständen werden wir kaum mehr als hunderttausend neue Francs dafür bekommen...«

Ihm, der den ganzen Tag mit großen Scheinen umging, schien der Betrag geringfügig. Aufgrund der unwillkürlichen Reaktion Ferdinands wurde ihm klar, daß sein Bruder da anderer Ansicht war.

»Nach dem, was du sagst, nehme ich an, daß du in den letzten Jahren über fünfhunderttausend Francs an Vater gezahlt hast?«

»Er besaß sicher nahezu eine Million.«

»Bernard wird die Bücher sehen wollen.«

»Ich werde sie ihm zeigen.«

»Wenn er diese Zahlen sieht, wird er rasend.«

»Was kann ich dazu?«

Ferdinand sah auf seine Armbanduhr und stand auf.

»Meine Frau wartet sicher schon im Auto. Ich überlasse es dir, dich um die Beerdigung zu kümmern...«

Und nach oben zeigend:

»Morgen ist Sonntag, ich hoffe, daß ich mit den Kindern kommen und ihn noch einmal sehen kann.«

Als er sich zum Gehen wandte, konnte er sich einen bewundernden Blick auf Antoine nicht verkneifen, und wie im Spaß sagte er leise:

»Hör mal, du bist ja reich!«

»Ich arbeite ...«

»Ich auch ...«

Der alte Renault war ein paar Meter weiter am Gehsteig geparkt, und Véronique saß am Steuer.

»Hat er das Testament gefunden?«

»Nein. Ich glaube nicht, daß er lange gesucht hat. Er hat von einem Rechtsberater gesprochen, mit dem mein Vater früher in Verbindung stand. Er weiß aber nur, daß er in der Rue Coquillière wohnt.«

Sie schlängelten sich zwischen Lastwagen durch, der ganze Wagen roch nach dem Gemüse und den Blumen, die sie gekauft hatte.

Ferdinand wußte wohl, daß es klüger war, mit seiner Frau nicht über das Geld zu reden, aber er konnte nicht an sich halten.

»Rat mal, wieviel Antoine an unseren Vater ausgezahlt hat, seit sie Teilhaber sind?«

»Keine Ahnung... Viel?«

»Fast eine Million ...«

»Alte Francs?«

»Neue ...«

»Dann hätte ja Antoine auch eine Million?«

»Sieht fast so aus ...«

»Also müßten wir über dreihunderttausend Francs erben... Ganz abgesehen von unserem Anteil am Restaurant?«

Zwischen Jubel und Furcht sahen sie sich ungläubig an. Für sie, die bei jeder Ausgabe zögerten, waren diese Zahlen schwindelerregend.

Sie hätten sich geschämt, in der Rue de la Grande-Truanderie zu wohnen, wo es am Morgen nach den Markthallen und am Abend nach armen Leuten roch. Ebensowenig hätten sie sich bereit gefunden, mehrmals am Tag die düstere, wurmstichige Treppe hinauf- oder hinunterzugehen und in Zimmern zu wohnen, die trotz der Modernisierung kleinkariert wirkten. Die Metzgerei auf der einen, die kleine Kurzwarenhandlung auf der anderen Seite. Und die ganze Nacht über den Krach.

Aber Antoine hatte eine Million gescheffelt!

»Glaubst du, daß das Geld zum Vorschein kommen wird?«

»Irgendwo muß es ja sein.«

»Du kennst doch deinen Vater, du müßtest doch eine Vorstellung davon haben, was er mit seinem Geld gemacht haben könnte?«

»Während des Krieges hat er Gold gekauft, das hat er mir anvertraut. Ich weiß, daß er es im Haus verwahrte, aber wo, hat er mir nie gesagt. Ich habe keine Ahnung, ob er auch später noch Gold gekauft hat. Möglich ist es... Möglich ist auch, daß er Häuser gekauft hat. Jedenfalls sind das die Investitionen, die Leute seines Schlages reizen.«

Sie waren am Justizpalast angekommen, und Ferdinand, nun wieder Richter, schritt auf die große Freitreppe zu, sorgenvoll, die Aktenmappe unter dem Arm. Zum Gerichtsdiener, der sich über seine Verspätung wunderte, sagte er bloß:

»Mein Vater ist gestorben...«

Und der Gerichtsdiener wußte nicht, ob er ihm sein Beileid aussprechen sollte.

»Lassen Sie Mauvis aus dem Untersuchungsgefängnis holen.«

Er durfte nicht mehr an diese Million denken, die ihm irgendwie auf den Magen geschlagen hatte. Er war nie neidisch gewesen, schon gar nicht auf seinen Bruder, obwohl der größer, jünger, besser gewachsen war als er.

Nun machte eine mit völlig natürlicher Stimme ausgesprochene Zahl plötzlich einen anderen Menschen aus Antoine.

Bis zu diesem Tag hatte sich Ferdinand, da er der Älteste war, ein wenig als Familienoberhaupt gefühlt. Er war intelligenter, gebildeter und hatte es nachweislich weiter gebracht als die anderen. Allerdings fuhr Antoine einen teureren Wagen als er, und während der Betriebsferien im August reiste er mit Fernande nach Venedig, Griechenland, Spanien oder sonstwohin.

Eine dicke Akte lag vor ihm aufgeschlagen. In ein paar Minuten würde man ihm einen unscheinbaren kleinen Mann vorführen, der den ganzen Tag über in einer Bank arbeitete und monatlich doch nur knapp tausend Francs verdiente.

Mit einemmal fühlte sich Ferdinand nun doch ungerecht behandelt. Antoine war mit Geldbündeln umgegangen, die man sich von Hand zu Hand gab wie eine gewöhnliche Ware. Er erinnerte sich noch, wie er als Kind die Großhändler anstaunte, wenn sie solche Bündel von Geldscheinen aus der Tasche zogen, während sie am Tresen ihren Kaffee mit Schnaps tranken.

Nie war ihm der Gedanke gekommen, daß Antoine wie sie geworden war.

»Hat Kommissar Brabant nicht angerufen?«

»Er ist einem neuen Zeugen auf der Spur, glaubt aber, daß er ihn wegen des Wochenendes heute nicht mehr erreichen wird.«

Angenommen, die Million seines Vaters fände sich – würde er seinen Rücktritt einreichen?

Unwillkürlich dachte er darüber nach, während er seinen Bleistift spitzte.

Nein! Schon deshalb nicht, weil sein Erbteil nicht ausreichen würde, davon zu leben. Es war besser, das Rentenalter abzuwarten und dann die volle Rente zu beziehen.

Und was sollte er außerdem den ganzen Tag in seinem Appartement am Parc-de-Sceaux tun? Er hatte keine Hobbys. Er war kein Bastler. Er hatte nie irgend etwas gesammelt. Er war weder Fischer noch Jäger. Fast jeden Abend brachte er Akten mit nach Hause, die er studierte, während Véronique nebenan vor dem Fernseher saß.

Was würde er denn mit seiner Zeit anfangen, wenn er erst einmal pensioniert war? Würden sie die Wohnung verkaufen, die schon jetzt zu groß und so teuer war?

Und wohin dann? Aufs Land? Weder Véronique noch er selbst mochte das Land. Seine Frau hatte panische Angst vor Wespen und wollte nie mit den Kindern picknicken fahren, weil es ihr ein Greuel war, sich aufs Gras zu setzen.

Er würde lesen, schön. Er würde spazierengehen.

Er fühlte sich plötzlich wie nackt, verwundbar. Er hatte geglaubt, er hätte sich ein normales, befriedigendes, ja beneidenswertes Leben aufgebaut, und nun stellte er fest, daß nichts davon Bestand hatte.

Außer vielleicht, wenn sich die Million wiederfand, die nicht er verdient hatte, die von anderswo kam, von der geduldigen Arbeit zuerst seines Vaters und seiner Mutter in dem Bistro, dessen er sich schämte, dann des alten Mannes und Antoines.

Auch sie, Véronique und er, würden dann reisen. Sie würden einen Teil des Winters in Südfrankreich zubringen, das sie von ein paar kurzen Aufenthalten her nur flüchtig kannten, weil sie nicht genug Geld gehabt hatten, um dort so zu leben, wie man dort leben muß.

Er beschuldigte Antoine nicht, sie getäuscht zu haben. Trotzdem hatte sein Bruder von dem Familienbetrieb profitiert und sich vorsorglich vom Vater ein Papier unterschreiben lassen. Es stand zwar nicht fest, daß dieses Papier rechtlich hieb- und stichfest war. Ferdinand hatte wenig mit dem Zivilrecht zu tun und noch weniger mit dem Handelsrecht.

Er starrte auf die erste, mit Schreibmaschine geschriebene Seite der Akte, ohne sie zu sehen. Da hörte er jemand vor sich husten. Es war einer der beiden Gendarmen, die René Mauvis gebracht hatten. Dieser stand, schmalschultrig und mit schlaffen Gesichtszügen, scheinbar gleichmütig zwischen den beiden Männern in Uniform.

»Setzen Sie sich...«

Er setzte sich auf einen Stuhl, während sich die beiden Gendarmen auf einer Bank an der Wand niederließen.

Ferdinand blickte auf seine Uhr, wie er es bei seinem Bruder getan hatte.

»Ihr Verteidiger ist nicht gekommen... Sind Sie sicher, Dubois, daß Sie ihn hergebeten haben?«

Der Gerichtsdiener nickte bejahend. Auch er war ein armer Mann. Auch die zwei Gendarmen. Sie warteten. Eine halbe Stunde später warteten sie noch immer mit dem gleichen unpersönlichen Gesicht wie Menschen, die vor einem Kino Schlange stehen, oder wie die Leute, die während des Kriegs vor einem Laden Schlange standen.

Indirekt hatte ihr Vater vom Krieg profitiert. Dank der Nahrungsmittel, die er sich beschaffen konnte, war er zu einer neuen Kundschaft gekommen. Letzten Endes hatte also auch Antoine vom Krieg profitiert.

Bernard hatte nie so gut gelebt wie damals, und aus dieser Zeit waren ihm die schlechten Gewohnheiten geblieben. Er war nicht unglücklich. Wenn er Geld hatte, gab er es mit vollen Händen aus; wenn er keines hatte, pumpte er schamlos seinen Vater oder seine Brüder an.

»Rufen Sie doch im Büro von Maître Gerbois an...«

Der Gerichtsdiener gehorchte. Gleich darauf drückte seine Stimme Erstaunen aus.

»Sind Sie sicher, Mademoiselle?... Hat er keine Nachricht hinterlassen?«

Völlig verdattert, wagte der arme Mann es kaum, dem Richter zu sagen, was er erfahren hatte:

»Maître Gerbois und seine Frau sind gestern abend im Wagen auf ihre Besitzung bei Dreux gefahren...«

Alle saßen sie umsonst hier.

»Bringen Sie ihn in seine Zelle zurück.«

Die Hände noch immer in Handschellen, stand Mauvis fügsam auf und folgte dem ersten Gendarmen, während der zweite den Zug beschloß.

»Sie können ebenfalls gehen, Dubois.«

»Bleiben Sie noch, Herr Richter?«

»Ich weiß noch nicht, ich will sehen ...«

Er hatte nichts zu tun, aber es zog ihn auch nicht nach Hause, wo er ebensowenig zu tun hatte.

Er ging als letzter. Langsam nahm er Mantel und Hut vom Kleiderständer, dann drehte er sich im leeren Gang um und schloß die Tür ab.

4

Es war halb eins. Die Sonne schien schräg in den Saal mit dem alten Tresen, der jetzt mehr nach einem Theaterrequisit aussah als nach einem richtigen Tresen. Die Flohbude, wie der alte Joseph sagte, obwohl die Kundschaft mit der Zeit so ziemlich die gleiche war wie im Kasperletheater.

Fernande hatte sich eben im schwarzen Kleid auf den hohen Stuhl hinter der Kasse gesetzt, während Liselotte in der Garderobe ihre Röcke über die Schenkel hochschob, um ihre Strumpfbänder zu richten.

Es waren erst etwa zehn Gäste da. Julien Bernu und sein Gehilfe waren auf ihren Posten. Alles stand bereit, wie im Theater: die Hauptdarsteller und die Statisten. Es war in der Tat wie ein zweimal täglich aufgeführtes Theaterstück, jeder konnte seine Rolle auswendig.

Antoine ging auf ein Paar zu, das Hemd tadellos weiß, in der Hand die Speisekarte auf dem schönen gelbgetönten Papier, die der alte Spaßvogel Joseph immer das Programm nannte.

Am Samstag war nie viel Betrieb, seit die feinen Leute dazu übergegangen waren, das Wochenende schon am Freitag zu beginnen. Sogar die Straßen in Paris hatten dadurch ein anderes Aussehen.

Als sich die Eingangstür öffnete, war es kein Gast, der eintrat, sondern, in Kamelhaarmantel und beigem Hut, Bernard Mature.

Er ging zwei, drei Schritte, dann pflanzte er sich in der Mitte des ersten Saals auf. Ohne seine Schwägerin eines Blickes zu würdigen, die Augen starr auf seinen Bruder geheftet, wartete er, daß dieser ihn bemerke.

Antoine ging zur Glaswand, um an der Durchreiche die Bestellung, die er eben aufgenommen hatte, an den Küchenchef weiterzugeben. Als er sich umwandte, erkannte er seinen Bruder, zog die Brauen hoch, trat auf ihn zu.

»Guten Tag, Bernard... Hat Nicole dich endlich erreicht?«

»Ich bin gerade aus dem Flugzeug gestiegen... Sie hat mich in Orly abgeholt und konnte mir also erzählen, was passiert ist...«

Er hatte eine Alkoholfahne. Man konnte ihn nicht direkt als Trinker bezeichnen, aber er trank täglich mehrere Gläser Whisky, wie die meisten Leute, die ein bestimmtes Leben führen und in den Bars verkehren, die gerade in Mode sind.

In seinen guten, den glanzvollen Phasen neigte er nicht dazu, über die Schnur zu hauen, aber sobald die Fehlschläge begannen, trank er mehr. Dann wurden seine Züge schlaff, sein Fleisch schwammig, seine Augen feucht. Das war seine Art, sich Mut zu machen und Selbstvertrauen zu gewinnen. Im Grunde war er ein schwacher Mensch, und es war zu einfach, sein Versagen auf den Krieg zu schieben.

Antoine sah ihn leicht gequält an. Der Augenblick war so ungünstig wie möglich. Ein ganzer Schwarm Kunden trat ein und sah sich zögernd nach Tischen um. Durch einen Blick gab Antoine Joseph zu verstehen, daß er ihm die Leitung überließ.

»Komm ...«

Er führte Bernard an die kleine Tür, die auf Flur und Stiege ging. Als Bernard an Fernande vorbeikam, grüßte er sie nicht: ein schlechtes Zeichen.

Er war der einzige Dicke in der Familie. Schon als Kind war er kugelrund gewesen und wegen seines breiten Hinterteils verspottet worden. Er hatte fleischige Lippen, wie eine Frau, das Kinn darunter war aber so schwach ausgeprägt, daß er mit zwanzig einmal mehrere Monate lang einen Bart trug, um diesen Makel zu verbergen.

»Willst du ihn sehen?«

Bernard gab keine Antwort. Er konnte es nicht ablehnen, seinen Vater zu sehen, aber man merkte, daß er nicht deshalb gekommen war. Immer noch im Mantel, blieb er eine Weile unbeweglich, verdrossen am Bettende stehen.

»Hat Mama etwas gemerkt?«

»Nein, sie ist immer gleich.«

»Ich muß mit dir sprechen.«

Antoine wollte nicht, daß die Unterredung hier stattfand, in diesem Salon im ersten Stock, zwischen dem Raum, in dem sein Vater aufgebahrt lag, und dem Schlafzimmer, in dem ihre Mutter vor sich hin dämmerte.

»Komm nach oben.«

Kaum waren sie im zweiten Stock, wurde Bernard aggressiv. Er hatte sich darauf vorbereitet, nicht erst seit Orly, sondern seit Nicole ihn an der Côte d'Azur angerufen hatte.

»Hat sich das Geld gefunden?«

»Leg deinen Mantel ab, setz dich.«

»Ich habe dir eine Frage gestellt.«

»Bis jetzt hat sich nichts gefunden, aber wir hatten auch noch keine Zeit, gründlich zu suchen. Du mußt zugeben, daß jetzt nicht der rechte Augenblick ist, um die Wohnung unserer Eltern bis in den letzten Winkel durchzustöbern...«

»Du machst es dir mit deiner Antwort zu leicht!« stieß Bernard hervor, zog aber doch seinen Mantel aus.

»Was willst du damit sagen?«

»Seit du dich vor zwanzig Jahren in diesem Haus eingerichtet hast, kennen wir, Ferdinand und ich, es sozusagen nicht mehr. Du hast mit unserem Vater gelebt. Ihr wart von morgens bis abends zusammen. Du wußtest über seine Gewohnheiten Bescheid. Also darf ich es doch wohl für etwas seltsam halten, daß du nicht weißt, was er mit seinem Geld gemacht hat...«

»Du weißt doch, wie er war.«

»Entschuldige! Ich kenne ihn, wie ein Kind seine Eltern kennt. Ich habe mit Ferdinand telefoniert. Er war eben nach Hause gekommen. Ich habe den Eindruck, daß er der Sache ebensowenig traut wie ich...«

Er zündete sich eine Zigarette an, suchte einen Aschenbecher, suchte auch, wie es schien, etwas zu trinken. Seine Hände zitterten.

»Du mußt zugeben, daß das höchst bequem ist. Papa stirbt plötzlich, und ihr, du und Fernande, seid allein im Haus...«

Antoine berichtigte sanft:

»Dreißig Leute waren da, als es geschah. Und seither hat Madame Ledru das Haus nicht verlassen.«

»Wer hat sie herbestellt?«

»Ich.«

»Na, siehst du! Zwei Stunden hast du gewartet, ehe du Ferdinand angerufen hast und dann versucht hast, mich zu erreichen.«

»Ich konnte nicht vom Restaurant weg.«

»Hätte nicht Joseph dich vertreten können?«

»Das wäre an diesem Abend schwierig gewesen. Ich hatte wichtige Kunden.«

»Fest steht jedenfalls: Als Ferdinand ankam, war unser Vater schon aufgebahrt, mit einer Kerze auf jeder Seite...«

Der Alkohol, den er getrunken hatte, wirkte sich aus. Man merkte, daß er den Boden unter den Füßen verlor, obwohl er sich bemühte, weiter in Schwung zu bleiben. Wortlos holte Antoine eine Flasche Whisky aus einem kleinen, mit Flaschen gefüllten Möbel und stellte ein Glas und eine Karaffe Wasser auf ein Tischchen.

»Du trinkst nicht?«

»Nie während der Arbeit, das weißt du doch.«

Bernard befand sich in einem Stadium, in dem ihm alles verdächtig vorkam. Dennoch goß er sich ein Glas ein und nahm einen großen Schluck Whisky pur.

»Ich hab heute nacht fast nicht geschlafen... Ein paar Leute, mit denen ich geschäftlich zu tun habe, hielten mich im Kasino fest... Hast du heute morgen wieder gesucht?«

»Ich hatte keine Zeit. Ich mußte mich um das Restaurant kümmern und dann um die Bestattung. Fernande hat die Todesanzeige aufgesetzt.«

»Am Dienstag soll es sein?«

»Ich habe Ferdinand gefragt. Es mußte unbedingt ein Datum festgelegt werden. Und ihm paßte am besten neun Uhr morgens.«

»Wer übernimmt die Erbschaftssache?«

»Was willst du damit sagen?«

»Anscheinend geht es um eine Million, das Geschäft nicht eingerechnet... Wir sind drei. Solche Angelegenheiten darf man nicht auf die leichte Schulter nehmen. Gewöhnlich vertritt ein Anwalt die Interessen eines jeden und wacht darüber, daß alles mit rechten Dingen zugeht.«

»Ich weiß nicht, ob Vater einen Notar hatte.«

»Findest du es normal, daß er kein Testament gemacht hat?«

»Er hat nicht damit gerechnet, daß er plötzlich an einer Embolie sterben würde. Außerdem hinterlassen Leute wie er selten ein Testament. Wahrscheinlich hat er gedacht, daß seine drei Söhne...«

Er verbiß sich den Rest.

»Sag schon«, sagte Bernard herausfordernd.

»Auch ich hatte angenommen, daß ihr mir vertraut.«

»Verdammt!... Vater stirbt, und von der Million, die er in den letzten zwanzig Jahren verdient hat, findet sich keine Spur. Deine Million hast du natürlich in Sicherheit gebracht. Die seine hat sich auf mysteriöse Weise in Rauch aufgelöst.«

Er trat eine halb gerauchte Zigarette auf dem Teppichboden aus, obwohl ein Aschenbecher in Reichweite stand.

Antoine erklärte geduldig:

»Vater ist vor knapp vierundzwanzig Stunden gestorben. Ich habe mir die Zeit genommen und bin heute morgen in die Rue Coquillière gegangen, um einen Rechtsberater namens Jason ausfindig zu machen, mit dem Papa in Verbindung stand. Was ich gefunden habe, ist ein altes Haus voller mehr oder weniger schmieriger Büros mit Emailleschildern an jeder Tür...

Seit drei Jahren ist Jason verschwunden, ausgezogen, ohne eine Adresse zu hinterlassen. Er hat aber immerhin der Concierge anvertraut, daß er sich nach Villeneuve-Saint-Georges zurückziehen werde, wo er ein kleines Häuschen hat...«

Antoine brachte es nicht fertig, seinem Bruder zu grollen, und wie er ihn da sitzen sah, erstarrt in einer Pose, die alles sagte, machte er eine Entdeckung. Bernard war alterslos, oder genauer: er hatte jedes Alter zugleich. In seinem unentschlossenen Gesicht fand man das Kind von ehemals, den jungen Menschen, der sich nirgends zu Hause fühlte, den reifen Mann, der seinen Platz nicht finden konnte.

Würde er alt werden? War er dazu gesund genug? Wenn ja, dann würde er einer jener alten Männer werden, die, weil sie nichts dazugelernt haben, in einem fort ihre Träume erzählen, als wären sie Wirklichkeit.

Hatte nicht auch ihr Vater bis zum Schluß seine kindliche Seite gehabt? In dem Augenblick, da er zusammenbrach, war er dabei, einem jungen Paar das Bild des Mannes zu zeigen, der er einmal gewesen war, eines jungen, selbstsicheren Mannes, der mit angespannten Muskeln und keckem Schnauzbart auf der Schwelle seines Reiches stand.

»Wann kommt Ferdinand wieder?«

»Wie meinst du das?«

»Ich nehme doch an, daß wir alle zusammenkommen werden. Wir wissen noch nicht einmal, wann er in den Sarg gelegt wird, man könnte meinen, es wäre nur dein Vater...«

Was aus seiner Haltung, seiner Stimme, seinem Blick sprach, war nicht der Groll des Augenblicks, sondern ein alter, in vielen Jahren gereifter Groll.

Sie waren nur vier Jahre auseinander. Ferdinand und Antoine waren eine Zeitlang echte Brüder gewesen. Bernard hatte nie mit ihnen gespielt, hatte ihnen nie etwas anvertraut. Bei dem geringsten Anlaß hatte er sich bei der Mutter beschwert, die ihn immer in Schutz nahm.

»Laßt euren kleinen Bruder in Ruhe, ihr zwei. Schämt ihr euch nicht, über ihn herzufallen?«

Der kleine Bruder! Das war er immer gewesen. Er war es geblieben. Er hätte auch jetzt noch, wie damals als Kind, einen Zornanfall bekommen und weinend mit dem Fuß aufstampfen können.

»Daß du es weißt, Antoine, mit mir kann man nicht nach Belieben umspringen. Ich habe Rechtsanwälte unter meinen Freunden. Noch heute nachmittag werde ich sie um Rat fragen... Und was Nicole betrifft, so verlange ich, daß sie nicht wie eine unerwünschte Fremde behandelt wird, wenn sie den Fuß in dieses Haus setzt, sondern wie ein Familienmitglied... Wenn du es wissen willst – ich bin entschlossen, sie zu heiraten.«

»Hast du mir noch etwas zu sagen?«

»Ich rate dir im guten, das Testament und das Geld zu finden... Kennst du den juristischen Fachausdruck, der bald auf dich angewendet werden könnte?... Erbschleicherei... Vielleicht sehe ich aus wie ein Hampelmann, aber in juristischen Fragen habe ich eine gewisse Erfahrung...«

Er blickte auf die Flasche, zögerte, schenkte sich schließlich doch noch ein Glas ein und trank es auf einen Zug aus.

»Glaub nicht, daß ich betrunken bin. Ich weiß genau, was ich sage und was ich tue, und ich kann dir mitteilen, daß Ferdinand auf meiner Seite stehen wird.«

Er hatte einige Mühe, die Ärmel in seinem Mantel zu finden, dann ging er, seinen Hut aufstülpend, auf die Treppe hinaus.

»Wer Ohren hat zu hören, der höre!«

Es war grotesk, theatralisch. Trotzdem fühlte sich Antoine deprimiert, und beinahe hätte auch er vor dem Hinuntergehen rasch ein Glas getrunken, um sich wieder zu fangen.

Er tat es nicht, sondern ließ Bernard Zeit, aus dem Haus zu gehen, und ging dann langsam in den Senat hinunter.

Fernande warf ihm einen besorgten Blick zu. Um sie zu beruhigen, zuckte er nur mit den Schultern, ehe er einem alten Kunden die Hand gab.

Seltsames Metier! Sie waren wie Schauspieler auf der Bühne. Tag für Tag konnten seine Frau und er sich Stunden hindurch nur durch Blicke oder ein paar geflüsterte Worte verständigen. Sie mußten lächeln, mußten sich die Geschichten oder die vertraulichen Mitteilungen der anderen anhören.

Mit seinen neunundvierzig Jahren fing er bereits an, wie Joseph zu gehen. Die meisten Oberkellner, Kellner und Gastwirte bekommen über kurz oder lang Plattfüße.

Ihre Welt ist nicht die Welt, wie die anderen sie sehen: Sie besteht nur noch aus numerierten Tischen, bekannten oder unbekannten Gesichtern, Gerichten, Rechnungen.

Seit zwanzig Jahren sah er auf demselben Wägelchen die gleichen Wurstspezialitäten in der gleichen Ordnung. Mit der immer gleichen Geste reichte er die Speisekarte, mit der immer gleichen Geste schenkte er feierlich die ersten Tropfen Gamay d'Auvergne, Chanturgue, Rosé de Corent oder Sauvagnat ein.

Der Kunde musterte die Flüssigkeit, als ob er etwas davon verstünde, schnalzte mit der Zunge und warf ihm einen verschwörerischen Blick zu…

Auguste hatte einen drei Jahre älteren Bruder, der noch in Saint-Hippolyte wohnte. Fernande hatte versucht, ihn zu erreichen, aber vergeblich, der alte Mann hatte es immer abgelehnt, sich ein Telefon einrichten zu lassen.

Und was aus seinen Kindern geworden war – zwei oder drei, ein Mädchen auf jeden Fall, an das Antoine sich schwach erinnerte –, wußte man nicht.

Fernande hatte ein Telegramm geschickt. Der Bruder hieß Hector. Als Antoine ihn vor dem Krieg das letzte Mal gesehen hatte, war er selber noch ein Kind gewesen, aber die Ähnlichkeit mit seinem Vater war ihm aufgefallen; nur war das Gesicht des Onkels kantiger gewesen, und seine Haut hatte die Farbe gebrannter Tonerde gehabt.

Da war auch noch eine Bourdin, eine Schwester seiner Mutter, die man nicht hatte verständigen können. Sie hatte einen Kolonialwarenhändler in Riom geheiratet, der vermutlich gestorben war, denn sein Name stand nicht mehr im Telefonbuch.

An diesen Kleinkram denkend, den er sich nicht aus dem Kopf schlagen konnte, ging Antoine geschäftig zwischen den Tischen und der Durchreiche hin und her, ging manchmal auch in die Küche, um dem Küchenchef den Wunsch eines Kunden zu erläutern.

»Auf keinen Fall Knoblauch... Auch keine Zwiebeln...«

Manchmal warf er unwillkürlich einen Blick in den ersten Saal, als erwartete er dort seinen Vater zu sehen, wie er eben einem Gast ein Glas auf seine Rechnung anbot.

Dann sah er ihn wieder dort oben liegen, reglos mit gefalteten Händen, und es wollte ihm nicht in den Kopf, daß er endgültig tot sei, daß es hinter seiner nun kalten Stirn keinen Gedanken mehr geben sollte.

Noch vorhin, als er mit Bernard ins Zimmer getreten war, hätte er sich am liebsten entschuldigt und leise gesagt:

»Verzeih, Papa...«

Er ließ sie einen nach dem andern vor seinem inneren Auge vorüberziehen, Ferdinand, Véronique, Nicole, Bernard, wie sie ans Fußende des Bettes getreten und dort eine Weile stehengeblieben waren, reglos wie in der Kirche. Der Tote kam ihnen wie ein Gegenstand vor, es schien sie nicht zu überraschen, ihren Vater plötzlich starr zu sehen.

Antoine hingegen erwartete, daß er gleich etwas sagen werde. Es fehlte nicht viel, und er wäre zu ihm gegangen und hätte gesagt:

»Da siehst du, in was für eine mißliche Lage sie mich bringen. Ich nehme es ihnen nicht übel, aber ich würde diese Geschichten gern vermeiden...«

Auch er war überrascht. Er wußte, daß sein Vater in

Geldsachen immer verschwiegen und geheimnistuerisch gewesen war, wie ein Bauer eben. So hatte er sich beispielsweise nie daran gewöhnen können, daß sich die Regierung das Recht anmaßte, ihn zu fragen, wieviel er verdiene.

Das waren die Früchte seiner, Augustes, höchst eigener Arbeit, der sich schon seinen Lebensunterhalt verdiente, als andere, Gleichaltrige, noch mit Murmeln spielten. Nie war ihm der Gedanke an Urlaub gekommen. Allerhöchstens war er von Zeit zu Zeit in seine Heimat gefahren, und auch das war schon lange nicht mehr vorgekommen.

Das letzte Mal war er ganz verstört zurückgekommen. Er hatte gesagt:

»Sie sind fast alle tot oder liegen im Sterben... Alles ist jetzt voller Fremder, in Riom und auch in Saint-Hippolyte...«

Ein Fremder war für ihn jemand, der nicht in seinem Dorf, in seiner Straße geboren war.

»In Riom haben sie jetzt Geschäfte wie in Paris, und die Frauen zeigen auf der Straße ihre Knie.«

Stundenlang konnte er mit Chaussard, dem Metzger von nebenan, über Leute reden, die nur noch in ihrer Erinnerung und in Familienalben existierten. Manchmal hätte man meinen können, sie säßen noch auf der Schulbank.

»Erinnerst du dich, Alfred, wie ich ihm gesagt habe...«

»Moment mal, Auguste, nicht du hast Scheiße zu ihm gesagt, der kleine Arthur war's, dessen Vater Schmied war... Warte, gleich fällt mir sein Name wieder ein... Das war ein boshafter Kerl...«

Ob sich die beiden Männer nicht auch andere Geheimnisse anvertraut hatten? Beide waren erfolgreiche Geschäftsmänner gewesen. Chaussard mit seinen vier Metzgereien in Paris war der reichere.

Ob es sie nicht gelegentlich gereizt hatte, ihre Erfolge gegeneinander abzuwägen? Antoine nahm sich vor, den alten Alfred danach zu fragen, auch wenn er sicher mißtrauisch sein würde, denn genau wie Auguste brachte er der jungen Generation im allgemeinen nur ein sehr begrenztes Vertrauen entgegen.

Für sie war Antoine immer noch in kurzen Hosen.

Er hätte sich gern bald mit Fernande unterhalten. Sie hatten sich seit dem Morgen kaum gesehen und waren nur zusammengewesen, solange der Angestellte vom Beerdigungsinstitut da war.

Dann hatte seine Frau ihm die Liste der Leute gezeigt, denen eine Todesanzeige geschickt werden mußte.

»Was soll ich mit den Leuten des Auvergner Vereins machen?«

»Davon gibt es sicher Tausende ... Man kann nicht jedermann benachrichtigen ... Ruf an und verlang eine Liste der Vorstandsmitglieder.«

»Glaubst du nicht, daß sie dann mit Fahne und Musik ankommen werden? Dein Vater ist Präsident ihres Vereins gewesen. Ich erinnere mich an eine Beerdigung, zu der manche sogar in Tracht gekommen sind.«

Währenddessen lag Auguste da oben, still, die Hände über dem Bauch gefaltet und einen Rosenkranz zwischen den Fingern, wie zu der Zeit, als er noch Ministrant war.

»Ich weiß nicht, ob es in Riom eine Zeitung gibt. Sicher

gibt es eine in Clermont-Ferrand. Du solltest ihr telefonisch den Text der Todesanzeige durchgeben.«

Sicher hatten sie irgendwelche Neffen oder Großneffen vergessen, die sich darüber ärgern würden.

Das Telefon an der Kasse klingelte. Fernande nahm den Hörer ab.

»Einen Augenblick...«

Sie blickte ihren Mann an, der ihr den Hörer abnahm.

»Ferdinand«, murmelte sie.

Die Stimme seines Bruders klang trocken.

»Ich habe eben mit Bernard telefoniert... Hallo... Hörst du mich?«

»Ja.«

»Bist du im Restaurant?«

»Wo sonst, um diese Zeit?«

»Wir haben beschlossen, uns morgen alle zu treffen. Ich nehme an, daß du immer noch am Sonntag geschlossen hast...«

»Wie gewöhnlich.«

»Was ist dir lieber? Vormittag oder Nachmittag?«

»Das ist mir gleich.«

»Am Vormittag könnte ich wegen der Messe nicht vor elf Uhr da sein, und da wir viel zu besprechen haben, ist es wohl besser, wir legen das Treffen auf den Nachmittag...«

»Um wieviel Uhr?«

»Um zwei?«

»Einverstanden.«

»Hast du noch immer nichts gefunden?«

»Nein.«

»Ich habe Bernard zu beruhigen versucht...«

»Ich danke dir.«

»Wahrscheinlich werde ich Jean-Loup und seine Schwester mitbringen… Sie sind ja mit betroffen…«

»Bis morgen…«

Er hatte während des Gesprächs unablässig seine Frau angesehen. Ehe er die Rechnung an den Tisch trug, flüsterte er ihr nur rasch zu:

»Morgen um zwei Uhr… Großer Familienrat…«

Fast eine Stunde hatte er auf Bänken im Rathaus gewartet und sich von einem Beamten zum nächsten weiter reichen lassen, ehe er die Adresse von Ernest Jason bekam. Ohne abzuwarten, daß alle Kunden gegangen waren, hatte er sofort nach dem Mittagessen seinen Wagen aus der Garage geholt und war nach Villeneuve-Saint-Georges gefahren. Jetzt mußte er nur noch die Rue des Ajoncs finden. Vergebens fragte er mehrere Personen danach. Schließlich wies man ihn in ein abgelegenes Viertel neben einem Gelände, auf dem mehrere Eisenbahnschienen endeten, und nachdem er mehrmals im Kreis gefahren war, durch Straßen, in denen alte Häuschen und Werkstätten standen, entdeckte er auf einem Schild den gesuchten Namen.

Die Straße war nicht lang. Früher hatte sie wohl an Feldern vorbeigeführt, man sah noch Bäume in den kleinen Gärten. Das Eckhaus war ein kleines, menschenleeres Café; er trat ein, um sich nach Jason zu erkundigen, und bestellte ein Glas Bier.

»Jason?… Ist mir hier im Viertel nicht bekannt… Sind Sie sicher, daß er in der Rue des Murets wohnt? Wir wohnen selber erst zwei Jahre hier, wissen Sie…«

Sie trug rote Pantoffeln und ein Strickkleid, das ihr wie ein Sack über die Hüften fiel. Eine Katze lag auf einem Stuhl aus Strohgeflecht neben dem Kanonenofen, dessen Rohr durch die Decke ging. Das sah nicht nach einem richtigen Café aus, man fragte sich, wer wohl Lust verspüren mochte, hier Platz zu nehmen.

Ein Mann mit krummem Rücken kam, eine Zange in der Hand, aus dem Garten herein.

»Joseph, kennst du einen gewissen Jason?«

»Weiter oben, links ... Aber der wohnt nicht mehr da. Ich glaube sogar, er ist gestorben, aber seine Tochter wohnt noch im Haus. Es heißt Les Linottes.«

An dieser Straße schien der Fortschritt der Stadt vorübergegangen zu sein. Gras wuchs zwischen den Pflastersteinen. Die Häuschen mit Holzbalkonen und verschnörkelten Dächern waren alle mehr oder weniger gleich, nur die Farbe der Fensterläden variierte. An dem Haus Les Linottes waren sie gelb und seit Jahren nicht mehr neu gestrichen.

Er drückte ein ebenfalls gelb gestrichenes Gatter zwischen den Buchsbaumhecken auf und durchquerte vier Meter brachliegenden Garten, ehe er an der Tür klingelte.

Auf der Straße regte sich nichts. Im Haus ebensowenig. Er hörte nur die Züge ankommen und abfahren, Waggons, die im Rangierbahnhof aneinanderstießen. Ein großes Flugzeug beschrieb einen Kreis im hellblauen Himmel, ehe es sich auf eine der Landebahnen in Orly senkte.

Er klingelte nochmals, klopfte an der Tür. Dann trat er zurück, warf einen Blick auf die Fenster. In dem linken entdeckte er ein Gesicht hinter der Gardine.

Er klopfte ans Fenster, und die Frau entschloß sich zu öffnen.

»Was wollen Sie?«

Es war fast nichts von ihr zu sehen, kaum die Hälfte ihres Gesichts, ein Auge, schlecht frisiertes Haar und eine schmutzige Schürze.

»Wohnt hier Monsieur Ernest Jason?«

»Kennen Sie ihn?«

»Nein.«

»Was kümmert es Sie dann, ob er hier wohnt oder nicht?«

Sie war störrisch. Störrisch und dumm. Unnötig aggressiv. Der Blick aus dem einen Auge, das er sah, war mißtrauisch.

»Ich muß ihn um eine wichtige Auskunft bitten.«

»Was für eine Auskunft?«

»Eine persönliche Angelegenheit. Sagen Sie mir wenigstens, wann ich ihn sprechen kann.«

»Sie können ihn nicht mehr sprechen. Er ist tot.«

»Seit langem?«

»Interessiert Sie das?«

»Sonst würde ich nicht danach fragen.«

»Nächste Woche sind es sechs Monate.«

»Kannten Sie ihn näher? Haben Sie dieses Häuschen von ihm gemietet?«

»Ich brauchte es nicht zu mieten. Er war mein Vater.«

Er hatte den Fuß in die Tür gestellt, daß sie ihm nicht vor der Nase zugeschlagen würde, und drückte sie langsam weiter auf.

»Kann ich mit Ihnen sprechen?«

Endlich sah er sie ganz. Sie war fett, sah leidend aus, mit geschwollenen Beinen und einem aufgedunsenen Gesicht von ungesundem Rosa. Die blauen Augen drückten eine instinktive Angst aus.

Widerwillig ließ sie ihn eintreten. Der Gang war mit kleinen Fliesen in allen Farben ausgelegt. Das linke Zimmer war Wohn- und Eßzimmer in einem, aber ein Eßzimmer, in dem nicht gegessen wurde. In einem Käfig hüpfte ein Kanarienvogel.

Alles war wie erstarrt und außer der Zeit – wie die Uhr, die sicher seit Jahren nicht mehr ging.

»Wohnte Ihr Vater hier?«

»Wissen Sie es denn nicht?«

Es lag etwas Beklemmendes in diesem Gespräch, in der Atmosphäre des Häuschens, in der Haltung und in den Augen der Frau.

»Was denn?«

»Er ist in Fresnes gestorben.«

»Im Gefängnis?«

»Ja. Sie haben ihn zu zwei Jahren verurteilt, und drei Monate später ist er auf der Krankenstation gestorben. Er hatte es dem Gericht vorausgesagt. Er hatte geschworen, daß er unschuldig war und daß sie einen Mord begingen ...«

Es wurde immer schwieriger, Fragen zu stellen.

»Weswegen wurde Ihr Vater verurteilt?«

»Unterschlagung, hieß es.«

»Was für einen Beruf hat er eigentlich ausgeübt? Er hatte ein Büro in der Stadt, nicht wahr?«

»Ja. Er war ein gebildeter, ein intelligenter Mann. Er war

Gerichtsvollzieher. Sie kommen doch nicht, um Geld von mir zurückzufordern?«

»Nein.«

»Viele nützen es aus: Sie haben in den Zeitungen gelesen, daß mein Vater verurteilt worden ist, und jetzt kommen sie zu mir, die von nichts weiß, klingeln an der Tür und behaupten, sie hätten ihm ihre Ersparnisse anvertraut.«

»Das stimmt also nicht?«

»Ich weiß es nicht... Er hat den Leuten geholfen... Als er Gerichtsvollzieher war, mußte er ihre Sachen beschlagnahmen oder sie selber vor die Tür setzen. Er wollte das einfach nicht länger machen. Er war zu gut, deshalb haben sie ihn ins Gefängnis gesteckt.«

Sie hatte sich nun doch gesetzt, wenngleich nur auf die Kante eines Stuhls, auf dem ein Strickzeug und ein Wollknäuel mit zwei eingestochenen Stricknadeln lagen. Zögernd nahm auch er Platz.

»Wissen Sie, wann er verurteilt worden ist?«

»Am elften September.«

»In Paris? Waren Sie dabei?«

»Er wollte nicht, daß ich hingehe. Als ich geheiratet habe, hat er hier ein Zimmer für sich behalten, aber die meiste Zeit schlief er in einem Raum hinter seinem Büro... Er war seit zehn Jahren Witwer. Meine Mutter hat lange leiden müssen, und mir, das weiß ich genau, wird es ebenso gehen... Mein Mann arbeitet bei der Bahn...«

Sie redete, um zu reden, das Benehmen des Besuchers hatte sie beruhigt.

»Vor zwei Jahren hat er mir angekündigt...«

»Sie sprechen von Ihrem Vater?«

»Von wem sonst sollte ich sprechen?... Er hat mir angekündigt, daß er in Pension gehen wolle und wieder bei uns wohnen werde. Ich habe gleich gewußt, daß er irgendwelche Unannehmlichkeiten hatte...«

»Hat er Ihnen gesagt, was für Unannehmlichkeiten?«

»Mit Leuten, die es ihm nachtrugen... Denn seit er nicht mehr Gerichtsvollzieher war...«

Sie verlor den Faden, und er sah ihr an, welche Mühe es sie kostete, ihn wiederzufinden.

»Warten Sie, ja... Er wollte den Leuten helfen... Er wußte mit den Gesetzen Bescheid, verstehen Sie? Und die kleinen Händler, die rund um die Markthallen arbeiten, wo mein Vater sein Büro hatte, wissen damit nicht Bescheid... Er war für sie der reinste Wunderdoktor...«

Man mußte sich nur einlassen auf ihre Welt, dann stellte sie sich zum Schluß als ganz zusammenhängend heraus.

»Ich zum Beispiel lasse mich von einem Heilpraktiker behandeln. Die Ärzte sind unfähig herauszufinden, woran ich leide. Als mir meine Schwester eines Tages von dem Heilpraktiker in Lagny erzählte...«

Sie zog die Brauen hoch. Ihr Kopf war schwer, tat ihr weh. All das war zu kompliziert für sie.

»Sie sagten, daß er ihnen half...«

»Ja... Bei all diesen Papieren, die man heutzutage ausfüllen muß... Die Leute wissen ja nicht einmal, was von ihnen verlangt wird. Wie bei der Sozialversicherung. Da stehen Fragen, ganz klein gedruckt, und man muß die Antwort in ein Kästchen oder auf eine gepunktete Linie schreiben. Hat man sich geirrt, kriegt man Unannehmlichkeiten, und jemand kommt und pfändet Sie...«

»Ich verstehe.«

»In den Banken nehmen sie Ihnen das Geld ab, Sie müssen einen Wisch unterschreiben, und dann bekommen Sie ein kleines Heft. Wenn Sie Pech haben, lassen die Sie auch pfänden. Die behaupten einfach, daß auf Ihrem Konto kein Geld mehr ist. Aber was beweist, daß die sich nicht auch irren, bei den tausend und abertausend Kunden, die sie haben?«

Der alte Auguste hätte fast genauso sprechen können. Sie waren aus einer Epoche, wo es noch nicht an jeder Straßenecke eine Bank gab, wo man noch keinen Personalausweis hatte und mit zwei Briefumschlägen beweisen konnte, wer man war.

»Wer hat ihn angeklagt?«

»Ich weiß es nicht. Es waren mehrere. Zuerst einer, dann sind andere gekommen, dann noch andere. Ich habe vor allem von einem gewissen Bougerol, einem Schlosser, sprechen hören, der mehrmals hierhergekommen ist, um Stunk zu machen. Ich habe ihn nicht gesehen, mein Vater hat mich in die Küche eingeschlossen, aber ich hörte seine Stimme und sein Schimpfen. Einmal hat er meinem Vater gedroht, daß er es ihm heimzahlen wird...«

»Hat Ihr Vater nie von Auguste zu Ihnen gesprochen?«

»Auguste? Welcher Auguste?«

»Mature... Einer seiner Freunde...«

»Er hatte zum Schluß keine Freunde mehr. Alle haben sich gegen ihn gestellt, als sie wußten, daß er es nicht mehr lange machen würde... Wer sind Sie?«

»Der Sohn von Auguste.«

»Warum ist er nicht selber gekommen?«

»Weil er tot ist.«

»Was wollen Sie denn nun eigentlich?«

»Ich versuche zu verstehen.«

»Was zu verstehen?«

»Das Testament meines Vaters ist nicht zu finden…«

»Sind Sie sicher, daß er eines gemacht hat? Mein Vater hat keines hinterlassen. Allerdings hat er auch kein Geld zu hinterlassen. Nur das Häuschen, und das hat er auf meinen Namen und den meines Mannes überschreiben lassen.«

»Wenn er es jemandem anvertraut hat, dann wahrscheinlich Ihrem Vater.«

»Warum?«

»Weil er Vertrauen zu ihm hatte. Er hat sich alle Papiere von ihm aufsetzen lassen.«

»Also sind auch Sie gekommen, um Geld zu fordern?«

»Nein. Aber ich nehme an, daß Ihr Vater Buch geführt hat, daß er in seinem Büro Dokumente hatte und daß er sie hierher brachte, als er zu Ihnen zog…«

»Er hatte einen ganzen Koffer voller Papiere. Er hat ihn auf den Speicher gestellt und gesagt, daß sie nicht wichtig wären.«

»Sind sie noch dort?«

»Die Polizei ist gekommen und hat sie geholt, um sie dem Richter zu übergeben.«

»Hatte Ihr Vater nicht auch ein Heft mit Namen und Adressen?«

»Ja.«

»Haben Sie es noch?«

»Wie? Was?«

»Ob Sie es noch haben.«

»Die Richter haben es.«

Antoine stand der Schweiß auf der Stirn, und er wußte nicht mehr, was er noch fragen sollte. Er kam sich täppisch vor. Er hatte getan, was er konnte, um die arme Frau nicht zu erschrecken, die sofort mit Angst reagierte, als sie ihn nun aufstehen sah.

»Glauben Sie, daß ein Testament da ist?«

Auch sie stand jetzt. Sie sagte es nur, um etwas zu sagen. Dann sah sie besänftigt auf den Kanarienvogel.

»Ich danke Ihnen sehr. Entschuldigen Sie, daß ich Sie gestört habe.«

»Wenn die anderen so höflich gewesen wären... Sogar Frauen haben sich eingemischt...«

Draußen atmete er erleichtert auf und ging bis zur Straßenecke, wo er seinen Wagen vor dem kleinen Café geparkt hatte. Der Mann, der ihm Auskunft gegeben hatte, war dabei, Drähte zwischen Pfosten zu spannen.

»Haben Sie's gefunden?«

»Danke!«

Das Auto war ein hellgrauer Mercedes, dessen Motor geräuschlos lief. Auch darum beneideten ihn seine Brüder. Wie hatte er so viele Jahre leben können, ohne sich dessen bewußt zu werden?

Bis gestern abend waren seine Brüder für ihn seine Brüder gewesen. Er sah sie nicht oft, weil jeder andere Wege gegangen war.

Er war als einziger geblieben, wo er geboren worden war, und das war zweifellos der Grund, weshalb er ihre Probleme nie erraten hatte.

Wenn Bernard in der Rue de la Grande-Truanderie auftauchte, war es fast immer, weil er Geld brauchte. Selten wandte er sich an ihren Vater. Sobald er einen Augenblick mit den beiden Alten verbracht hatte, weil es anders nicht zu machen war, zog er Antoine in eine Ecke oder führte ihn auf die Straße, wo sie eine Zeitlang schweigend gingen.

»Ich hätte mich an Ferdinand wenden können, aber du weißt ja, daß es bei ihnen hinten und vorne nicht reicht, erst recht nicht, seit sie die neue Wohnung haben... Ich hätte am fünfzehnten einen großen Betrag erhalten sollen, gestern erfuhr ich, daß die Auszahlung auf den nächsten Monat verschoben worden ist...«

»Wieviel?«

»Fünftausend... Ist das zuviel?«

Ungeniert, wie er war, verlor er keine Zeit damit, sich zu bedanken. Für ihn war das Haus mit dem Bistro, in dem er geboren war und in dem seine Eltern noch lebten, eine Art Gemeingut, das mehr oder weniger der ganzen Familie gehörte. Seinen Vater bat er nur deshalb nicht gern um Geld, weil diesem jede Summe riesig erschien.

In Bernards Vorstellung brauchte sein Bruder nur in die Kasse zu greifen. Dieser Schlauberger Antoine! Er hatte das beste Teil gewählt. Ließ er sich vielleicht irgend etwas abgehen? Hatte Fernande nicht einen Nerzmantel?

Bei Ferdinand lag der Fall anders. Er war nicht mehr so ganz ein Mature. Schon allein durch sein Universitätsstudium sah er das Haus bei den Markthallen mit anderen Augen an, und die Gewohnheiten dieses Hauses wurden ihm immer fremder.

Außerdem hatte Véronique weit mehr auf ihn abgefärbt

als er auf sie. Als ihre Eltern noch lebten, schrieben sie ihnen regelmäßig, und Véroniques Mutter kam oft zu Besuch nach La Rochelle und später nach Poitiers.

Den Eltern von Véronique gehörten die Enkel, in der Rue de la Grande-Truanderie bekam man sie kaum zu sehen.

Nur ganz selten rangen sie sich dazu durch, zum Mittagessen oder zum Abendessen zu kommen; und auch dann nicht zum gemeinsamen Familienmahl, das an einem Marmortisch neben dem Tresen eingenommen wurde, sondern dann, wenn die Kunden kamen.

»Was empfiehlst du uns, Antoine?«

Antoine nahm ihre Bestellung auf und gab sie an den Küchenchef weiter, ehe er sich zu ihnen setzte.

»Wie geht es Mama?«

Es war ihr einmal besser, einmal schlechter gegangen, dann wieder ein wenig besser, bis schließlich von ihrem Zustand nicht mehr die Rede war.

»Trinkt Vater nicht zuviel?«

»Hie und da ein Glas. Ich überwache ihn unauffällig. Man kann ihn nicht um sein letztes Vergnügen bringen.«

Der alte Auguste hatte immer Hemmungen, seine Schwiegertöchter beim Vornamen zu nennen.

»Sie sehen so hübsch aus, Véronique.«

Linkisch brachte er ihr eine Blume, wie um sie zu zähmen, obwohl er wußte, daß er sie niemals zähmen würde. Er duzte sie nicht, wie er Fernande duzte.

»Wie geht es den Kindern?«

Ihre Vornamen wollten ihm nicht über die Lippen, zumal sie in seinen Augen einfach närrisch waren.

Antoine dachte oft und gern an den kleinen Kreis von früher zurück, als sie als Kinder über den mit Sägemehl bestreuten Fußboden gekrochen waren.

Als er nach Hause kam, war Fernande besorgt. Sie war im ersten Stock, im Zimmer der Mutter, denn sie hatte Madame Ledru weggeschickt, damit sie sich bis zum nächsten Tag bei ihrem Sohn ausruhen konnte.

»Hast du es gefunden?«

»Vielleicht... Ich muß mit Ferdinand darüber sprechen.«

Er hatte das Bedürfnis, seinem Vater guten Tag zu sagen. Die Kerzen waren nicht seine Idee gewesen, sondern die von Marinette. Er blies sie aus und öffnete die Vorhänge des Fensters, das auf den Hof ging. Den Rosenkranz freilich wagte er nicht wegzunehmen, auch nicht den kleinen Buchsbaumzweig, der im Weihwasser lag.

5

Als er an diesem Abend die Rolläden geschlossen, die Lichter im Erdgeschoß gelöscht, alle Apparate kontrolliert und das Schloß an der Falltür hinter dem Tresen angebracht hatte, ging Antoine nicht in seine Wohnung im zweiten Stock, sondern in die Wohnung seiner Eltern.

Im alten, schlecht beleuchteten Salon traf er auf Fernande, die im Schlafrock war.

»Schläft sie?«

»Seit einer Stunde. Sie ist ganz ruhig.«

Er ging ins Hinterzimmer und machte die Deckenlampe an. Er war sich nicht schlüssig, ob er bei seinem Vater Totenwache halten sollte, wie es auf dem Land und mitunter auch noch in der Stadt Sitte war. Schließlich drückte er die Lippen auf die Stirn des alten Mannes und sagte bei sich:

›Gute Nacht, Vater.‹

Er ging rückwärts zur Tür, löschte das Licht und ging wieder zu seiner Frau.

»Geh hinauf und leg dich hin. Ich werde bei Mama bleiben.«

»Nicht du, ich bleibe hier, Antoine. Du kannst dich nicht um sie kümmern. Es muß eine Frau dasein, um ihr das Nachtgeschirr zu bringen, wenn sie es braucht, oder um sie umzuziehen...«

Das Haus war in den vierundzwanzig Stunden so anders geworden! Schließlich ging er allein nach oben, um sich in der leeren Wohnung auszuziehen und ins Bett zu legen.

An den anderen Sonntagen schliefen sie lange, und dann trödelten sie herum, genossen es, nichts zu tun zu haben. Die geschlossenen Rolläden verliehen dem Erdgeschoß eine besondere Atmosphäre, und es war seltsam, um ein Uhr in die verglaste Küche zu gehen und die Mahlzeit aus dem Kühlschrank zu holen, die Julien Bernu für sie vorbereitet hatte.

Sie aßen neben dem Tresen. Nachmittags gingen sie manchmal ins Kino oder fuhren im Wagen aufs Land. Ab und zu hatte Auguste sie begleitet.

Der Sonntag, der nun begann, war nicht wie die anderen. Als Antoine im Morgenrock hinunterging, gab Fernande der alten Frau gerade das Frühstück.

»Hast du gut geschlafen?«

»Sehr gut. Sie ist nur ein einziges Mal aufgewacht.«

Draußen war nicht der vertraute Lärm der Halles zu hören, die Straße blieb menschenleer, alle Läden waren geschlossen. Um neun hielt der Wagen des Bestattungsinstituts vor der Tür, und ein paar Passanten blieben auf dem Gehweg stehen, um zuzusehen, wie die schweren schwarzen Wandbehänge und dann der leere Sarg hineingetragen wurden.

Man hörte, wie genagelt wurde. Die Männer richteten Madame Ledrus Zimmer als Totenzimmer her. Antoine hatte ihnen eine Flasche Weißwein und Gläser gebracht, und während sie neben dem Leichnam arbeiteten, tranken sie.

Männer und Frauen aus dem Viertel blieben auf dem Weg zur Messe eine Zeitlang vor dem Haus stehen und sahen zu den Fenstern hoch, denn unterdessen wußten alle, daß Auguste tot war.

Fünf- oder sechsmal wurde an der Tür geklingelt, es waren immer Lieferanten, die Blumen abgaben.

Antoine aß nicht zu Mittag. Er holte sich lediglich eine Scheibe Leberpastete aus dem Eisschrank und aß sie zu einem Stück Brot.

Auch Fernande, die beim Gedanken an die bevorstehende Familienversammlung ganz nervös war, aß nur etwas Pastete.

Nach der Messe saßen sich Ferdinand und seine Frau stumm beim Mittagessen gegenüber. Am Abend zuvor hatten sie sich im Bett fast eine Stunde lang leise über Augustes Tod und alle Fragen, die sich daraus ergaben, unterhalten.

»Ich hoffe, du wirst dich nicht kleinkriegen lassen«, hatte Véronique zum Schluß gesagt. »Notfalls bin ich ja auch noch da.«

Bernard hatte eine schlechte Nacht hinter sich, da er auch den restlichen Tag über getrunken und Nicole ihn hatte verarzten müssen. Am Morgen war es nicht besser. Er hatte stark geschwitzt und war mit pelzigem Mund aufgewacht. Noch im Bett hatte er etwas Alkoholisches verlangt, um munter zu werden.

»Vergiß nicht, daß du heute nachmittag alle deine Kräfte brauchst.«

Nicole brachte ihm ein ganz kleines Glas puren Whisky.

»Trink das, ich habe nichts dagegen. In einer Stunde ißt du eine Kleinigkeit. Bevor wir fahren, bekommst du noch ein Glas, aber mehr gibt es nicht.«

Alles tat weh, der Kopf, die Brust, und er hatte Krämpfe, bei denen er jedesmal meinte, das Herz würde ihm stehenbleiben.

»Du solltest lieber den Arzt rufen... Ich fühle mich nicht gut, Nicole...«

»Später wirst du dich besser fühlen.«

»Glaubst du, daß du mitkommen sollst?«

»Ich lasse dich nicht allein gehen.«

Sie bewohnten auf dem Boulevard Rochechouart über einem Bilderrahmengeschäft eine Vierzimmerwohnung und waren seit zwei Monaten ihre Miete schuldig.

Sie fragte ihn nicht, was er in Südfrankreich gemacht hatte. Er war fortgegangen, ohne etwas zu sagen. Sie wußte, daß es für ihn manchmal genügte, daß um zwei Uhr früh ein sogenannter Freund in irgendeiner Bar vorschlug, ihn auf einer Reise zu begleiten.

Nicole war Verkäuferin in einem Luxusgeschäft in der Rue Saint-Honoré gewesen, dann hatte sie zwei Jahre lang als Mannequin gearbeitet. Gelegentlich, aber immer seltener, stand sie für Frauenzeitschriften Modell.

Marie-Laure und ihre Freundin Françoise schliefen in ihrer Wohnung in der Avenue Victor-Hugo, da sie erst um drei Uhr morgens heimgekommen waren. Sie schliefen in einem Doppelbett, wie Eheleute. Françoise trug strenge, mehr oder weniger maskuline Tailleurs, aber das war nur ein Spiel, das sie beide spielten, in Wirklichkeit gab es nichts Zweideutiges zwischen ihnen.

Françoise wachte als erste auf und machte Kaffee.

»Wie spät ist es?«

»Zwölf... Vergiß nicht, daß du um zwei bei deinem Großvater sein mußt.«

»Glaubst du, daß es unbedingt notwendig ist?«

»Du hast es deiner Mutter versprochen.«

Sie hatten zusammen einen Wagen, ein kleines milchweißes englisches Kabriolett.

»Kann ich das Auto haben?«

»Nein. Ich brauche es, um nach Louveciennes zu fahren. Ich setze dich bei den Halles ab, dann mußt du selber sehen, wie du zu den Lemerciers kommst, um mich dort wieder zu treffen.«

Jean-Loup, im weißen Ärztekittel, ein Stethoskop auf der Brust, machte langsam die Runde durch die Krankenzimmer, in denen nur Kinderbetten standen.

Er hatte einen Kollegen gefunden, der ihn am Nachmittag vertrat. Um ein Uhr ging er in den Speisesaal der Assistenzärzte.

Seit mindestens drei Jahren hatte er keinen Fuß mehr in die Rue de la Grande-Truanderie gesetzt. Als er noch ein Kind war, wurde zu Hause so gut wie nie von den Matures gesprochen. Er wußte nicht recht, warum seine Eltern darauf bestanden, daß er an dieser Versammlung teilnahm, die ihn nichts anging.

Er hatte gleichfalls ein Auto, einen 2CV, der ihm genügte. Damit kam er etwas zu früh vor dem Restaurant mit den geschlossenen Rolläden an. Er trat in den Flur, klopfte an einer Tür zu seiner Linken, aber da er keine Antwort erhielt, stieg er in den ersten Stock hinauf.

Er stieß auf Antoine, der noch in Hemdsärmeln war und seine Krawatte noch nicht gebunden hatte.

»Guten Tag, Onkel...«

Mit seinen durch die Brillengläser größer wirkenden Augen sah er ganz verloren aus.

»Sind meine Eltern noch nicht da?«

Die Blumen hatten mittlerweile einen süßlichen Geruch in der Wohnung verbreitet.

»Sie kommen sicher gleich... Es ist erst zehn Minuten vor zwei... Willst du ihn sehen?«

Auch er, genau wie die anderen abends zuvor, blieb eine Weile vor dem Toten stehen. Hinter ihm zog Antoine sich fertig an.

»Wie geht es Großmutter?«

»Immer gleich...«

»Hat sie nichts gemerkt?«

Sie merkte nicht einmal, daß Auguste nachts nicht mehr neben ihr in dem Bett schlief, in dem sie fünfzig Jahre lang nebeneinander geschlafen hatten.

»Wo soll die Sitzung denn sein?«

»Ich dachte, am besten unten...«

Im vorderen Saal oder im hinteren, wie es ihnen lieber war. Zusammen gingen sie hinunter.

»Willst du etwas trinken?«

»Nein, danke.«

Er war der größte in der Familie und hielt sich immer ein wenig vornübergebeugt. Seine Eltern klopften an der Tür neben der Kasse und traten unaufgefordert ein.

Man umarmte sich.

»Haben wir uns verspätet?«

»Nein, ich bin zu früh gekommen.«

»Hast du ihn gesehen?«

»Ich war einen Augenblick oben.«

Antoine begrüßten sie nur flüchtig. Wegen der herabgelassenen Rolläden waren die Lampen angezündet worden, und dadurch hatten die beiden Räume etwas Unwirkliches. Die nicht beleuchtete Küche hinter der riesigen Glasscheibe wirkte wie ein Aquarium.

Nun waren Bernard und Nicole an der Reihe. Nicoles Anwesenheit löste bei Véronique, die vorgab, sie nicht zu sehen, einen nervösen Tick aus.

»Haben wir uns verspätet?«

Bernard sah ganz manierlich aus, seine Augen waren kaum rot gerändert, und er gab sich Mühe, sich gut zu benehmen.

»Kommt Marie-Laure nicht?«

»Sie hat versprochen zu kommen...«

Während alle unschlüssig herumstanden, fragte Ferdinand:

»Ist das Totenzimmer hergerichtet worden?«

»Heute früh. Morgen kommen sie, um den Sarg zu schließen.«

»Wo ist Fernande?«

»Bei Mama. Ich habe Madame Ledru freigegeben, sie war ganz erschöpft.«

»Wer hat bei Papa gewacht?«

»Niemand. Fernande hat auf dem Kanapee im Salon geschlafen.«

Ein Auto hielt, eine Wagentür wurde zugeschlagen, und eine Stimme sagte:

»Hoffentlich wird es nicht gar zu trostlos...«

Dann, zögernde Schritte im Gang, und Antoine öffnete die Tür.

»Guten Tag, allerseits... Was steht ihr denn alle da und seht euch an?«

»Wir haben auf dich gewartet.«

Antoine wußte nicht, wie er sich verhalten sollte. Schließlich war er hier zu Hause und empfing die anderen. Aber die anderen waren im Haus ihres Vaters, und alle hatten die gleichen Rechte.

»Wohin wollen wir uns setzen?«

Ferdinand setzte sich auf eine Bank links neben dem Tresen, und darauf ließen sich auch alle übrigen rund um zwei Marmortische nieder. Jean-Loup, der seine langen Beine übereinandergeschlagen hatte, betrachtete einen nach dem anderen, als ob es Fremde wären.

Die Mäntel und Hüte hatte man auf einem anderen Tisch auf einen Haufen geworfen.

Schließlich ergriff Ferdinand nach einem kurzen Räuspern als erster das Wort.

»Was ist in bezug auf den Friedhof beschlossen worden?«

Alle blickten auf Antoine.

»Wie ich dir am Telefon sagte. Zuerst dachte ich, daß unser Vater am liebsten in Saint-Hippolyte neben seinen Eltern begraben sein würde. Er hat nie darüber gesprochen. Aber fast alle, die er dort gekannt hat, sind inzwischen gestorben...«

Zögernd fügte er hinzu:

»Seine eigentliche Familie ist jetzt in Paris... Auf dem

Père Lachaise ist kein Platz mehr, außer für diejenigen, die eine Familiengruft besitzen ... Die einzige Lösung ist also, ihn in Ivry zu begraben.«

Eine Stille entstand. Vielleicht dachten sie an den riesigen, noch zu neuen modernen Friedhof, auf dem Auguste sich verloren gefühlt hätte.

»Glaubst du, daß viele Leute kommen werden?«

»Bevor der Sarg geschlossen wird, bestimmt. Alle Nachbarn und die Händler aus dem Viertel werden ihn noch einmal sehen wollen. Ich glaube, daß auch entfernte Verwandte aus Saint-Hippolyte und Riom kommen werden ...«

»Was hast du vorgesehen?«

»Ich habe zwanzig Wagen bestellt. Für die, die aus der Auvergne kommen, gibt es hier ein Mittagessen.«

Die anderen stimmten weder zu, noch erhoben sie Einspruch. Es interessierte sie nicht. Sie hatten das Thema nur angeschnitten, um in Fahrt zu kommen und um nicht gleich mit der Tür ins Haus zu fallen.

»Hast du einen Totengottesdienst bestellt?«

»In der Kirche Saint-Eustache.«

Unter häufigen Blicken auf die hinter der Bar aufgereihten Flaschen rutschte Bernard unbehaglich auf seinem Stuhl hin und her, und Nicole, die diesen Zustand an ihm kannte, redete ihm gut zu, noch eine Weile auszuharren.

Er durfte nicht zu früh zu trinken anfangen, sonst würde er womöglich einen Streit vom Zaun brechen. Vergangene Nacht war er in seinem Suff derart bitter und aufbrausend gewesen, hatte solche Drohungen gegen seinen Bruder ausgestoßen, daß sie die Schublade, in der sein Revolver lag, abgeschlossen hatte. Ehe sie abgefahren waren, hatte sie sich vergewissert, daß er noch an seiner Stelle lag.

»Hast du das Testament noch immer nicht gefunden?«

»Ich habe nicht danach gesucht. Es ist mir lieber, wenn ihr das selber tut. Ihr kennt die Wohnung, ihr kennt unseren Vater...«

Ein fast bedrohliches Schweigen folgte diesen Worten.

»Auch in bezug auf das Geld nichts Neues?«

Alle erwarteten, Antoine werde die Frage verneinen, und so waren sie überrascht, als er sagte:

»Doch.«

»Hast du es gefunden?«

»Nein.«

»Erklär uns das.«

Bisher hatten alle, die um ihn saßen, ihr Leben gelebt ohne sonderliche Hoffnung, daß es sich eines Tages ändern könnte. Zwar wußten sie, daß sie von ihren Eltern etwas erben würden, daß sie ein Anrecht auf einen größeren oder kleineren Anteil an diesem Haus hatten, in dem sie Fremde geworden waren.

Ferdinand beispielsweise hatte allenfalls damit gerechnet, sich ein neues Auto anschaffen oder einen Teil der Schulden abzahlen zu können, mit denen er sich seit dem Kauf des neuen Appartements herumschlug. Oder bestenfalls damit, mit Véronique in den Ferien nach Italien fahren zu können.

Für Bernard mochte das Geld einen Aufschub bedeuten, der ihm über ein paar Monate hinweghelfen würde, vielleicht auch die stets erhoffte Gelegenheit, endlich ein solides Geschäft aufzuziehen.

Seit dem Vortag war alles anders. Antoine hatte eine geradezu magische Zahl ausgesprochen, eine Zahl, die derart zum Träumen verführte, daß selbst die Regierung ihre Lotterie darauf gründete: eine Million!

Das war nicht eine abstrakte Zahl wie alle anderen. Sie war gleichbedeutend mit Reichtum, einer anderen Lebensweise, Sorglosigkeit für alle Zeiten.

Daß sie teilen müßten, tat nichts zur Sache. Keiner dachte daran. Ebensowenig dachte einer von ihnen daran, daß auch ihre Mutter da oben Erbin war oder daß Auguste jedes Jahr Steuern bezahlte, daß sie selber Erbschaftssteuer würden zahlen müssen.

»Ich bin zuerst in die Rue Coquillière gegangen.«

Und zu Jean-Loup gewandt, der ihn aufmerksam ansah:

»Als Vater und ich damals die Vereinbarung über das Geschäft getroffen haben, hat er sich wegen der Abfassung des Textes an das Büro eines Rechtsberaters in der Rue Coquillière gewandt. Das Büro gehörte einem gewissen Jason. Ich weiß, daß mein Vater ihn auch später wieder aufgesucht hat. Jason hat mehrmals hier gesessen, ohne daß ich mich weiter darum gekümmert hätte...«

»Hast du ihn gefunden?« fragte Bernard, während Nicole ihre Hand auf seine legte.

»Ich habe seine Spur gefunden. Das Büro existiert nicht mehr. Die Concierge hat mir etwas von einem Häuschen erzählt, das Jason in Villeneuve-Saint-Georges besitzen sollte. Ich bin dort gewesen. Ich habe die Adresse auf dem Rathaus bekommen...«

»Und was sagt er?«

»Nichts. Er ist tot.«

Man hätte meinen können, daß er es darauf anlegte, sie in Atem zu halten. Eine Zeitlang war ihre Spannung derart, daß sie beinahe den Mund nicht zubekamen. Jetzt blickten sie ihn verärgert, ja wütend an.

»Also weißt du nichts?«

»Ich bin noch nicht fertig... Ich hatte ein Gespräch mit seiner Tochter, die nicht ganz bei Verstand ist. Jason ist in Fresnes gestorben, ein paar Wochen nachdem er wegen Unterschlagung zwei Jahre Gefängnis bekommen hatte.«

Ferdinand erbleichte, die Hand, in der er seine Brille hielt, öffnete und schloß sich nervös.

»Wenn ich richtig verstehe«, schaltete er sich ein, »willst du behaupten, Papa habe sein Geld Jason anvertraut, Jason sei ein Schwindler gewesen, und wir hätten jetzt, wo er im Gefängnis gestorben ist, keine Möglichkeit mehr...«

»Ich behaupte gar nichts...«

»Findest du nicht, daß diese Erklärung ein bißchen zu einfach ist? Papa ist tot. Jason ist tot. Seine Tochter ist verrückt. Und das Geld ist spurlos verschwunden...«

Obwohl Nicole ihm Zeichen machte, stand Bernard auf und ging zum Tresen, um sich ein Glas einzuschenken.

»Das ist eine Schweinerei!« stieß er hervor.

Alle wandten sich ihm zu.

»Vom ersten Tag an, als Antoine wieder in dieses Haus zog, hätten wir mißtrauisch sein müssen. Vor allem, seit er sich an diese Frau gehängt hat...«

Nun waren aller Blicke auf Antoine gerichtet, den es harte Überwindung kostete, auf seinem Stuhl sitzen zu bleiben, und dessen Fäuste derart verkrampft waren, daß seine Knöchel fahl wurden.

Mitten in diesem Schweigen ergriff zu aller Überraschung Jean-Loup das Wort, sehr ruhig, als spräche die Stimme der Vernunft aus ihm.

»Wenn ich richtig verstanden habe, hat sich kein Papier gefunden, aus dem hervorginge, was mein Großvater mit seinem Geld gemacht hat?«

Die anderen nickten zustimmend.

»Hat jemand in seiner Brieftasche nachgesehen?«

Sie waren völlig verblüfft. Niemand hatte bis jetzt daran gedacht. Madame Ledru hatte Auguste ausgezogen, und niemand hatte sich gefragt, was sie mit seinen Kleidern gemacht habe.

Was sie suchten, waren »Papiere«, wie man sagt, Dokumente, Scheckhefte, auf jeden Fall etwas Umfängliches, was der Geldanlage eines alten Mannes während zwanzig Jahren entsprach.

Antoine stand auf.

»Wenn jemand mit mir kommt, gehe ich sie holen.«

Und Jean-Loup, sich ebenfalls erhebend:

»Ich glaube, das beste wird sein, wenn ich das tue.«

Jean-Loup war so groß, daß er an einer Stelle der Stiege seinen Kopf unter der niedrigen Decke einziehen mußte. Eben noch war von Millionen die Rede gewesen. Nun betraten sie durch eine alte, braun gestrichene Tür eine Wohnung aus einer anderen Zeit, in die er höchstens ein- oder zweimal als Kind den Fuß gesetzt hatte.

Vom Salon aus sah man einen Teil des Totenzimmers mit den am Fußende des Sarges angeordneten Blumen.

»Willst du deine Großmutter sehen?«

Es fiel Antoine schwer, du zu sagen zu diesem Mann, der schon Kranke behandelte und bald ein fertig ausgebildeter Arzt war.

Jean-Loup folgte seinem Onkel ins Schlafzimmer seiner Großeltern, das jetzt nur noch das Schlafzimmer seiner Großmutter war.

Die alte Frau saß in ihrem Lehnstuhl, eine rote Decke über den Knien, und ihr gegenüber saß Fernande, die aufstand, als Jean-Loup ins Zimmer trat.

»Guten Tag, Jean-Loup.«

»Guten Tag, Tante.«

Er trat zu der alten Frau und küßte sie, wie früher, auf die Stirn. Sie zuckte ein wenig zurück, und ihre Augen suchten in der Runde nach jemand, der ihr zu Hilfe käme.

»Sie erkennt niemanden mehr.«

»Ich weiß«, sagte er, seine Großmutter mit einem fachkundigen Blick betrachtend.

»Erinnerst du dich, was mit seinen Kleidern geschehen ist, als er ausgezogen wurde?«

»Du weißt doch, daß ich unten war. Es ist mir nicht in den Sinn gekommen, Madame Ledru danach zu fragen.«

»Er hat sicher seinen schwarzen Anzug angehabt...«

Er hatte sich stets dunkel gekleidet, und ihn zu bewegen, sich einen neuen Anzug zu kaufen, hatte immer Mühe gekostet. Man brauchte nur den großen massiven Eichenschrank mit den nebeneinander auf Bügeln aufgehängten abgetragenen Anzügen zu öffnen, um zu sehen, wie schwer er sich von seinen alten Sachen trennte, auch wenn sie schon abgewetzt, ja fadenscheinig waren.

In demselben Schrank hingen auch die Kleider, alle

schwarz oder violett, die Eugénie nicht mehr trug, seit sie ans Zimmer gefesselt war. In einem Fach lagen ihre Filzhüte und Strohhüte neben Großvaters grauen Mützen und seinem runden schwarzen Filzhut.

All das hatte jahrelang gedient, war gewissermaßen Teil der Persönlichkeit der beiden Alten, ja man hatte den Eindruck, als hafte ihnen noch ihr Körpergeruch an.

Antoine, der eine Rocktasche abtastete, fühlte etwas, griff hinein und zog aus einer Innentasche eine schwarzgraue Brieftasche hervor.

Er reichte sie Jean-Loup, und dieser, der die Geste begriff und sich deswegen verlegen fühlte, murmelte rasch:

»Du darfst es ihnen nicht übelnehmen...«

Auf diese Weise gab er ihm zu verstehen, daß er nicht von vornherein auf ihrer Seite stand, daß er nicht zu einem Clan gehörte.

»Sonst ist nichts mehr da?« fragte er.

In einer anderen Tasche fand sich ein Taschentuch, in einer weiteren eine Zigarrenspitze aus Bernstein, die der Alte fast nie benützt hatte, und ein großes Bauernmesser.

Lange nach seiner Übersiedlung nach Paris hatte er dieses Messer noch bei Tisch benutzt, und die Geste, mit der er es jedesmal öffnete, war wie ein Ritual gewesen.

Fernande, die nicht zu fragen wagte, ob alles gutging, lächelte ihrem Mann nur kurz zu, ehe sie sich wieder zu der Kranken setzte.

Bernard hatte die Abwesenheit der beiden Männer benutzt, um sich ein zweites Glas einzuschenken, hatte auch der ganzen Runde eins angeboten, aber nur Marie-Laure hatte ein Glas angenommen.

Jean-Loup reichte die Brieftasche ungeöffnet seinem Vater. Ferdinand befühlte sie zuerst nur zögernd.

»Etwas Hartes steckt darin«, murmelte er.

Die Brieftasche hatte auf beiden Seiten Fächer, aus denen er nur Papiere zog. Um an den harten Gegenstand zu gelangen, mußte er die Hand ganz nach unten in das sogenannte Geheimfach schieben, das sich über die ganze Länge der Brieftasche erstreckte.

Er zog einen flachen, glänzenden Schlüssel hervor, zeigte ihn den anderen, vor allem aber seinem Bruder.

»Kennst du ihn?«

»Ich habe ihn nie gesehen. Ich bin ganz sicher, daß er in keine Tür und kein Möbel im Haus paßt.«

Er nahm ihn in die Hand, las eine Zahl ab, 113, die in den Ring eingraviert war.

»Es ist der Schlüssel zu einem Safe.«

»Woher weißt du das?«

»Weil ich einen ganz ähnlichen für meinen eigenen Banksafe habe.«

Rund um die beiden Marmortische war ein gewisses Aufatmen zu spüren.

»Nun müssen wir nur noch herausfinden, um welche Bank es sich handelt«, murmelte Ferdinand.

»Das wird nicht schwer sein. Vater ging nie sehr weit. Außerhalb des Viertels kam er sich wie ein Fremder vor.«

Er legte den Schlüssel auf den Tisch, und alle starrten ihn fasziniert an, denn plötzlich tauchte eine Frage auf, die allen gleichzeitig durch den Kopf schoß.

Es war Sonntag. Die Banken öffneten erst am nächsten Morgen um neun. Um diese Zeit würde Ferdinand im

Justizpalast, Jean-Loup in der Salpêtrièrie, Marie-Laure in ihrer Boutique, Antoine normalerweise hier im Hause sein. Wem sollte man den Schlüssel anvertrauen, der wahrscheinlich den Zugang zu dem Vermögen des alten Mannes erschloß?

Sie hoben die Köpfe und sahen sich an. Schämten sie sich ein wenig ihrer Gedanken?

»Ich für meinen Teil bin dagegen, daß Antoine auf die Bank geht.«

Bernard stand mit seinem Glas in der Hand im Hintergrund und blaffte seinen Bruder herausfordernd an.

Ferdinand fragte:

»Weißt du wirklich nicht, was in dem Safe ist?«

»Noch einmal: Vater hat nie mit mir darüber gesprochen.«

Und wieder stieß Bernard vor:

»Ich verlange, daß wir alle zusammen hingehen.«

Durch diesen Satz trat das Lächerliche, ja Abscheuliche dieser Situation zutage. Sie waren alle hypnotisiert von einem glänzenden Schlüssel, den niemand an sich nehmen, den aber auch niemand in der Hand eines anderen sehen wollte.

In welcher Bank würde der Schlüssel zum Fach 113 passen? Sie würden sich vielleicht an sechs oder sieben verschiedene Geldinstitute wenden müssen, ehe sie das richtige fanden. Konnten sie alle zusammen im Gänsemarsch von einer zur anderen gehen? Und mußte Ferdinand, der am Abend zuvor Mauvis wegen der Abwesenheit des Verteidigers nicht hatte vernehmen können, das Verhör erneut verschieben?

Diesmal brachte Marie-Laure die Unterhaltung wieder in Gang.

»Wem gehören die drei Utrillos?«

»Vater«, antwortete Antoine.

»Und jeder von euch nimmt sich einen?«

»Ich werde tun, was die anderen beschließen. Für meinen Teil wäre ich aber bereit, sie zu dem Preis, den ein Experte angibt, zurückzukaufen.«

Ferdinand sah seine Frau, dann seine Tochter an und fragte diese:

»Hast du eine Vorstellung, was sie wert sind?«

»Zwischen fünfzigtausend und hunderttausend Francs, jeder. Das hängt davon ab, in welcher Periode sie gemalt wurden.«

Sie stammten aus der Periode der Frauen mit langen Röcken und dicken Hintern.

»Warum liegt dir daran, sie zu kaufen?« fragte, mißtrauisch wie immer, Ferdinand.

»Damit sie an der Stelle bleiben, wo sie seit so langer Zeit hängen. Zuerst hingen sie oben im Schlafzimmer meiner Eltern. Dann habe ich sie, wie du, im Hinterzimmer hängen sehen... Wollt ihr immer noch nichts trinken? Fernande läßt sich entschuldigen, aber sie muß bei Mama bleiben. Man braucht nur einen Augenblick wegzugehen, und schon fühlt sie sich im Stich gelassen...«

Es war keine gewöhnliche Familienzusammenkunft. Dazu hätten auf den Tischen Kaffeetassen oder Weingläser stehen müssen. Auch hätte zwischen ihnen eine gewisse Ungezwungenheit herrschen müssen.

Es war, als dächte jeder darüber nach, was er sagen

könnte, um das Schweigen zu brechen. Vor allem Ferdinand, der an seiner Rolle als Ältester festhielt und von dem deshalb auch erwartet wurde, daß er die Sitzung leitete.

»Das Wichtigste ist natürlich, die Bank zu finden.«

Man drehte sich im Kreis. Was sollte mit dem Schlüssel geschehen?

Abermals fand Jean-Loup die Lösung.

»Man braucht ihn nur in einen Umschlag zu stecken und den Umschlag zu versiegeln. Die drei Brüder setzen ihre Initialen auf das Siegel.«

»Ich weiß nicht einmal, ob Siegellack im Haus ist. Ein Stück habe ich vor nicht allzu langer Zeit gesehen, es lag in einer Schublade in meinem Zimmer...«

Antoine war noch kaum aus dem Zimmer, da brummte Bernard:

»Er hat natürlich die Ruhe weg. Er hat seinen Anteil!«

Nicole mochte ihn noch so flehend ansehen – er ging abermals hinter den Tresen, um sich einzuschenken, und Marie-Laure erleichterte sein Gewissen, als sie hinwarf:

»Schenkst du mir auch ein Glas ein, Onkel Bernard?«

Die Mutter sah sie erstaunt an:

»Trinkst du jetzt Whisky?«

»Schon lange, weißt du. Ich trank auch schon Whisky, als ich noch bei euch wohnte. Ich traute mich nur nicht, es vor euch zu tun. Willst du auch ein Glas, Papa? Von Zeit zu Zeit bist du doch gar nicht abgeneigt, ein Glas Whisky zu trinken.«

»Whisky für alle?«

Kaum war Antoine fort, entspannten sie sich, wie während der Ferien.

Nur Véronique zierte sich:

»Für mich nicht.«

Und Bernard, entzückt über seine Rolle, goß den Sprit in die Gläser.

»Eis?«

»Nur Leitungswasser.«

Antoine blieb ziemlich lange fort. Er nahm sich Zeit, ein paar Worte mit Fernande zu wechseln.

»Wie geht es unten?«

»Besser als am Anfang, und das ist Jean-Loup zu verdanken.«

»Was machst du mit der Kerze und dem Siegellack?«

»Sie haben in Vaters Brieftasche einen Safeschlüssel gefunden. Keiner will ihn dem anderen überlassen, also soll er versiegelt werden.«

Er hatte sich einen Umschlag aus dickem hellbraunem Papier beschafft. Als er ins Erdgeschoß zurückkam, sah er wortlos die Gläser, zündete eine Kerze an, reichte seinem Bruder den Siegellack und den Umschlag:

»Du weißt, wie man damit umgeht, Ferdinand.«

Ferdinand schämte sich ein wenig. Im grauen Alltag seines Büros oder im Verlauf einer Beweisaufnahme hatte er oft mit schmutzigen Affären zu tun gehabt. Heute aber ging es um ihn selbst und um die Seinen.

Er schob den Schlüssel in den Umschlag, klebte ihn zu und brachte den Siegellack zum Schmelzen.

»Womit sollen wir zeichnen?«

Eine Spur sarkastisch streckte Antoine ihnen einen silbernen Zahnstocher hin, und jeder der drei Brüder gravierte damit seine Initialen in die fünf Siegel ein.

»Was machen wir nun damit?«

»Ich schlage vor...«

Antoine und Bernard, die gleichzeitig gesprochen hatten, brachen gleichzeitig ab.

»Sprich du.«

»Ich schlage vor, daß Ferdinand den Umschlag verwahrt.«

»Genau das wollte ich sagen.«

»Wenigstens einmal sind wir uns einig.«

Wie um das Nachlassen der Spannung zu unterstreichen, holte Antoine hinter dem Tresen die Flasche und ein Glas, goß sich einen Schluck ein und stellte die Flasche auf den Tisch.

»Bedient euch.«

Jean-Loup, die Beine übereinandergeschlagen, beobachtete die Szene wie ein Fremder. Augustes Tod zwang ihn, sich mit seiner Familie zu befassen, und sein Urteil blieb kalt, objektiv. Vielleicht verstand er seinen Vater jetzt besser und begriff, was ihn von ihm trennte?

Denn selbst in der Wohnung am Parc-de-Sceaux fühlte er sich unbehaglicher als in seiner Mönchszelle in der Salpêtrière. Und wenn sein Blick auf seine Schwester fiel, fühlte er sich ihr keineswegs verbunden.

»Ich glaube, ihr habt einen wichtigen Punkt übersehen«, äußerte er schließlich mit unbeteiligter Stimme.

Alle wandten sich ihm zu.

»Onkel Antoine sprach vorhin von einem gewissen Jason, der vor einigen Monaten wegen Unterschlagung zu zwei Jahren Gefängnis verurteilt wurde.«

Er wandte sich an seinen Vater:

»Es muß dir doch ein leichtes sein, in Erfahrung zu bringen, welcher Untersuchungsrichter den Fall behandelt hat?«

»Es sind immer die gleichen, denn wir sind alle mehr oder weniger spezialisiert. Wahrscheinlich Pénaillon oder Mourine. Sie führen diese Prozesse serienweise.«

»Bist du mit ihnen befreundet?«

»Ich kenne sie. Wir geben uns die Hand, wenn wir uns auf dem Gang treffen.«

»Es wäre doch denkbar, daß sich unter den Papieren Jasons – angeblich ein ganzer Koffer voll –, die in Villeneuve-Saint-Georges beschlagnahmt wurden, auch Papiere finden, die Großvater betreffen.«

Die Entdeckung des Schlüssels hatte sie so zuversichtlich gemacht, daß sie den verdächtigen »Rechtsbeistand« darüber ganz vergessen hatten.

»Was ist denn sonst noch in der Brieftasche?«

Wieder war es an Ferdinand zu handeln, und also durchwühlte er, nicht ohne Widerwillen, die Brieftasche seines Vaters. Als erstes zog er einen vor zehn Jahren verlängerten Personalausweis hervor und ein von einem Optiker in der Rue du Temple ausgestelltes Rezept für eine Brille.

»Trug Vater eine Brille?«

»Ich habe ihn nie mit Brille gesehen.«

»Kennst du dich damit aus?« fragte Ferdinand seinen Sohn und reichte ihm das Blatt.

»Nicht sonderlich ... Wie mir scheint, handelt es sich um eine ziemlich starke Lesebrille.«

Das vor drei Jahren ausgestellte Rezept beleuchtete den

verschlossenen Charakter des alten Mannes, oder seine Schamhaftigkeit. Seine Augen waren schlecht geworden. Es kostete ihn bereits Mühe, die Zeitung zu lesen. Zweifellos hatte er, ohne sich mit irgend jemand zu besprechen, lange gewartet, ehe er einen Optiker aufsuchte.

Antoine sah ihn wieder vor sich, wie er, kurz ehe er umfiel, einem jungen Paar das Foto zeigte, auf dem er in voller Lebenskraft vor seinem Restaurant stand.

Bis zum Ende hatte er sich aufrecht gehalten und die Brust herausgestreckt, stolz auf seine Kraft. Und über Dr. Pantin, der ihm Medikamente verschrieb, hatte er sich lustig gemacht.

Er hatte die Brille nie bestellt, das Rezept aber aufgehoben für den Fall, daß er ohne sie wirklich nichts mehr sehen würde.

»Wer ist das?« fragte Marie-Laure, zu ihrem Vater geneigt.

Er hatte ein verblaßtes Foto mit abgestoßenen Ecken aus der Brieftasche gezogen, auf dem ein kleiner, zwei- oder dreijähriger Junge so entschlossen geradeaus schaute, als wolle er die Zukunft herausfordern.

»Das bin ich... Ich erinnere mich nicht an dieses Foto...«

»Ich war noch nicht auf der Welt«, bemerkte Antoine.

Ferdinand war damals noch einziges Kind. Auguste trug einen blauschwarzen Schnauzbart, den er nachts mit einer speziellen Vorrichtung in Form hielt. Seine Mutter kochte für fünfundzwanzig oder dreißig Personen, und das Menü wurde mit Kreide auf eine Schiefertafel geschrieben.

Es fand sich auch noch ein Foto von Bernard am Tag

seiner Erstkommunion und eines von Antoine als Soldat.

Alle drei waren gleich überrascht. Nie war ihnen der Gedanke gekommen, Auguste könnte ein Gefühlsmensch sein, und doch hatte er die Fotos seiner drei Söhne in seiner alten Brieftasche mit sich herumgetragen.

Das letzte, winzige, zerkratzte Porträt steckte in einer Schutzhülle aus Plastik. Es war aus einem Gruppenfoto ausgeschnitten, und hätten die Söhne Mature es nicht in der Brieftasche ihres Vaters gefunden, hätten sie es nicht erkannt.

Es war ihre Mutter als junges, vielleicht sechzehnjähriges Mädchen. Sie trug Zöpfe, und über der Stirn war ihr Haar zerzaust. Der Kragen ihres dunklen Kleides endete am Hals in einer Spitzenkrause.

Sonst fand sich nichts, außer einer vergilbten, ebenfalls zerknitterten Geburtsurkunde Augustes aus der Zeit seiner Ankunft in Paris. War das eine Vorsichtsmaßnahme ihrer Eltern gewesen in einer Zeit, als es noch keine Personalausweise gab, für den Fall, daß er sich verirrte oder einen Unfall hatte?

»Ferdinand ...«

Véronique schob ihre Armbanduhr hoch.

»Steck die Brieftasche weg, bis wir wieder zusammenkommen und uns ein Andenken aussuchen.«

»Vergiß den Umschlag nicht«, empfahl Bernard.

Ferdinand schob ihn mit ernster Miene in seine Tasche und stand auf.

»Wenn Antoine morgen Zeit hat, die Banken im Viertel aufzusuchen, die er ja besser kennt als wir, könnte er fragen, ob Vater in einer von ihnen ein Konto oder einen Safe hatte ... Hast du Zeit, Antoine?«

»Vielleicht ... Ich nehme an, daß die Leute kommen werden, um Abschied zu nehmen, sobald sie die Todesanzeige erhalten haben.«

»Machst du das Restaurant nicht zu?«

»Das ist nicht üblich. Erst am Dienstag.«

»Ruf mich im Justizpalast an, wenn du etwas entdeckst ... Bist du morgen zu Hause, Bernard?«

Er würde sicher zu Hause sein, und zwar im Bett. Nicole sah es voraus, denn sie hatte nicht verhindern können, daß er trank, und in dem Zustand, in dem er sich befand, würde er auch weitertrinken.

Alles in allem endete die Versammlung besser, als sie begonnen hatte. Sie sahen sich an und wußten nicht recht, wie sie sich verabschieden sollten.

Ferdinand zog seinen grauen Überzieher an, Nicole ihren Leopardenmantel, Bernard seinen Kamelhaarmantel, in dem er nur mit Mühe die Ärmel fand.

Jean-Loup, der ohne Mantel gekommen war, streckte als einziger Antoine seine lange knochige Hand hin.

»Bis Dienstag.«

Sie gingen auf den Flur, wo sie den sonntäglich herausgeputzten, von ihren Eltern gefolgten Kindern aus dem dritten Stock begegneten.

»Pierre, Lina! Laßt die Herrschaften vorbei.«

Und die Eltern grüßten respektvoll.

6

Véronique war im Schlafrock und hatte eben ihr Haar auf Lockenwickel gerollt.

»Ziehst du dich nicht aus?« fragte sie vom Bad aus.

Es war zehn Uhr abends. Ferdinand hatte noch seinen grauen Anzug an, der für ihn eine Art Uniform darstellte, und überflog im Salon einen Zeitschriftenartikel.

Gleich nachdem sie von Antoine weggegangen waren – »von Antoine«, sagten und dachten sie jetzt schon, und nicht mehr »von Vater« –, war Jean-Loup schnellstens ins Krankenhaus zurückgefahren, während Marie-Laure ihre Eltern gefragt hatte:

»Könnt ihr mich nicht nach Louveciennes fahren?«

Im Wagen schwiegen sie fast die ganze Zeit, saßen betreten da, als hätten sie ein schlechtes Gewissen. Vor der Villa, wo sie ihre Tochter absetzten, waren an die zwanzig Autos geparkt, zwei Rolls und luxuriöse Sportwagen.

»Zu wem gehst du?«

»Ein Typ, der eine große Werbeagentur leitet.«

Dann hatten Ferdinand und seine Frau in einem kleinen Restaurant in Versailles zu Abend gegessen und waren schließlich nach Hause gefahren, wo sie nicht wußten, was sie tun sollten, und wo kein Fernsehprogramm sie interessierte.

Véronique hatte sich die Nägel gefeilt. Ihr Mann hatte gelesen. Sie hatten ohne besonderen Grund die Gewohnheit angenommen, am Sonntag früher als an Wochentagen zu Bett zu gehen. Auch sonst ging Ferdinand jetzt immer früher zu Bett, vielleicht, weil er und seine Frau sich nichts zu sagen hatten.

Alle beide schraken zusammen, als an der Eingangstür geklingelt wurde.

»Willst du aufmachen?«

Neugierig und mit einem Anflug von Unruhe stand er auf. Niemand klingelte sonst bei ihnen um diese Zeit. Vor ihm stand Bernard, äußerst erregt, und hinter ihm, fürsorglich und resigniert, Nicole.

»Entschuldige, Ferdinand... Ich weiß schon, was du denkst, und ich gebe lieber gleich zu, daß du recht hast: Ich bin betrunken...«

Schwankend bewegte er sich auf den Salon zu. Dabei ließ er seinen Überzieher auf den Teppichboden fallen, ohne Anstalten zu machen, ihn aufzuheben.

»Ist deine Frau nicht da?... Véronique ist eine klasse Frau, und sie soll auch erfahren, daß ich das denke.«

Seit ihrer Abfahrt in der Rue de la Grande-Truanderie hatte Nicole am Steuer gesessen. Sie wußte, daß es nutzlos war, in die Wohnung am Boulevard Rochechouart zurückzukehren. Es war zu spät. Bernard war nicht mehr zu halten. Sie konnte nur noch versuchen, den Schaden in Grenzen zu halten.

»Nur noch eines, Nicole, bestimmt nur noch eines«, hatte er gesagt. »Ich muß unbedingt diesen Typ finden. Ich erinnere mich nicht mehr, wie er heißt. Das hat nichts damit zu tun, daß ich besoffen bin. Es gibt einfach Leute, deren Namen ich nicht behalten kann.«

»Was ist er denn von Beruf?«

»Rechtsanwalt. Die Zeitungen schreiben andauernd über ihn. Erst vor acht Tagen haben wir ein Glas zusammen getrunken... Nein, vor zwei Wochen... Ist ja auch egal. Ich muß unbedingt mit ihm sprechen, verstehst du, weil ich, wenn ich auch nicht danach aussehe, der einzige bin, der herausgekriegt hat, daß da irgend etwas faul ist. Ferdinand ist doch Richter, oder nicht?... Na, also. Entweder ist Ferdinand ein Idiot, der nichts begriffen hat, oder er mischt selber mit, und in diesem Fall ist er ein mords Schweinehund.«

Sie waren von Bar zu Bar gezogen. Sie hatte den Barkeepern, die sie kannten, ein Zeichen gemacht, damit sie möglichst wenig Whisky einschenkten. Er hatte es abgelehnt, zu Abend zu essen, und statt dessen nur Erdnüsse geknabbert.

Zuletzt hatte er doch noch seinen Kumpel aufgetrieben, der tatsächlich Rechtsanwalt war, aber in einem fast ebenso desolaten Zustand wie er, und danach hatte Bernard darauf bestanden, daß Nicole ihn zu seinem Bruder fuhr.

»Ist es meine Angelegenheit oder nicht? Bin ich etwa kein Mature?«

Nichts Gutes ahnend, kam Véronique aus dem Badezimmer, ein Handtuch um den Kopf gewickelt, um ihre Lockenwickel zu verstecken.

»Hab keine Angst, Véronique. Ich weiß, daß du dich wegen Nicole schämst, weil wir im Konkubinat leben. Ich schwöre dir, daß wir spätestens in einem Monat verheiratet sind, wenn dir daran liegt, sogar kirchlich... Gerade sagte ich zu meinem Bruder, daß du eine klasse Frau bist. Nicole findet das auch. Sie ist wütend, weil ich ein paar Gläser zuviel getrunken habe und weil ich euch um diese Zeit ins Haus falle, aber es ist einfach un-er-läß-lich.«

Er war nicht oft in diesem Zustand, und merkwürdigerweise sah er dann am jüngsten aus. Man merkte ihm seine Wehrlosigkeit an, und er erweckte den Eindruck, als wolle er um jeden Preis als Mann erscheinen.

»Alles«, begann er mit einer großartigen Handbewegung, »was wir heute nachmittag besprochen haben, ist purer Quark.«

Er warf einen mißtrauischen Seitenblick auf Ferdinand.

»Habe ich recht oder nicht?«

»Ich weiß nicht, was du meinst...«

»Dieser Schlüssel zum Beispiel, das war doch reiner Mumpitz, nicht wahr?«

»Setz dich.«

Er ließ sich in einen Sessel fallen, wobei er nicht merkte, wie niedrig er war, und saß einen Augenblick lang verdutzt da.

»Weder du noch ich, noch Antoine, noch sonst jemand hat das Recht, den Safe zu öffnen, selbst mit dem Schlüssel... Antworte.«

»Es gibt in der Tat eine Reihe von Formalitäten...«

»Formalitäten, das sagst du...«

Er war stolz auf sich. Er, der Jüngste, den insgeheim alle als Versager betrachteten, er hatte entdeckt, wo der Hund begraben lag.

Ferdinand hatte gut Richter sein, er hatte sich hereinlegen lassen, es sei denn, er hatte sie selber hereingelegt.

»Was sagt der Artikel... Artikel wieviel, Nicole?«

»Welcher?«

»Der erste, den ich dich gebeten habe abzuschreiben.«

Sie holte aus ihrer Handtasche ein rotes Notizbuch heraus, in das sie, um ihn nicht zu reizen, einige Aufzeichnungen gemacht hatte.

»774.«

»Gut! Du hast doch das Zivilgesetzbuch, Ferdinand?«

Er triumphierte.

»Ich kenne den Artikel, von dem du sprichst.«

»Hol dein Zivilgesetzbuch.«

Und sein Bruder kam mit einem Dalloz zurück.

»Eine Erbschaft kann vorbehaltlos oder unter dem Vorbehalt der Prüfung des Inventars angenommen werden.«

»Schön! Und wer hat das Recht, sie unter dem Vorbehalt der Prüfung des Inventars anzunehmen?... Ha, ha! Jeder x-beliebige Erbe... Kannst du mir folgen?... Véronique, wenn du mir eine Schwester sein willst, dann gib mir etwas zu trinken.«

Sie sah Nicole an, die nur mit den Achseln zuckte.

»Hab keine Angst. Ich kann mich noch benehmen und werde deinen Teppich nicht schmutzig machen.«

Er lachte. Er jonglierte.

»Ich bin vollkommen klar, versteht ihr? Ich bin besoffen, aber vollkommen klar.« Er wiederholte die letzten Worte drei- oder viermal voller Entzücken.

»Und weil ich vollkommen klar bin, habe ich begriffen. Mein Freund... Wie heißt er noch, Nicole?«

»Liotard.«

»Liotard... Ein großer Rechtsanwalt... Kennst du Liotard, Ferdinand?«

»Ich habe von ihm gehört.«

»Wir haben zusammen einen gekippt, und ich hab ihm gesagt, was ich auf dem Herzen habe, weil er ein Bruder ist... Pardon! Kein richtiger Bruder wie du, du verstehst mich schon... Sieh dir jetzt einen anderen Artikel an, Nicole wird dir die Nummer sagen.«

»Artikel 793.«

Ferdinand gab nach und las, um seine Ruhe zu haben:

»Die Erklärung eines Erben, daß er die Erbschaft nur unter dem Vorbehalt der Prüfung des Inventars annehmen will, muß bei der Kanzlei des erstinstanzlichen Gerichts in demjenigen Stadtviertel hinterlegt werden, in dem...«

»Schön! Das erstinstanzliche Gericht... Ahnst du, worauf ich hinaus will?... Im folgenden Artikel legt das Gesetz fest, daß aufgrund einer solchen Erklärung ein genaues Inventar der Erbgüter angelegt werden muß.

Habe ich meinen Kopf beisammen oder nicht?... Danke, Véronique... Ich trinke auf euch alle. Auf die Gesundheit unserer armen Mutter.

Sie haben drei Monate Zeit, um das Inventar aufzunehmen, und es kann auch noch länger dauern. Was folgt daraus? Daß Antoine uns in dieser Zeit nach Belieben hinters

Licht führen und bei der Abrechnung mogeln kann, wie er will.«

Seine Gedanken gingen jetzt in eine andere Richtung.

»Schau, Ferdinand, Antoine und wir beide stehen nicht auf gleichem Fuß. Wir zwei sind arme Schweine… Doch, doch! Ich weiß, was ich sage. Du brauchst dich nicht zu schämen. Die Kanaillen sind nie arme Schweine. Obwohl du Richter bist, verdienst du nur gerade soviel, wie du zum Leben brauchst, und ich habe immer nur Pech gehabt.

Ich bin genauso intelligent wie Antoine. Ich bin sogar klüger als er… Nur, daß ich…«

Er wußte nicht weiter, trank einen Schluck und zog die Brauen hoch. Sein Gesicht war dunkelrot, pathetisch. Aus seinen großen feuchten Augen sah er seinen Bruder an.

»Wie heißt er doch noch, Nicole?«

»Liotard.«

»Gut… Kennst du ihn?«

»Ich sagte es doch schon…«

»Verzeih. Er hat mich im ›Francis‹ beraten, der Bar, in der er fast jeden Abend anzutreffen ist… Warst du schon einmal im ›Francis‹?«

»Nein.«

»Na ja, spielt keine Rolle!« Er ließ das Thema fallen und kramte in seinem Gedächtnis, bemüht, den Faden nicht zu verlieren. Und das war um so schwieriger, als er sich der Tragweite seiner Worte bewußt war.

»Ihr wolltet eben zu Bett gehen. Bitte, verzeih mir, Véronique. Aber morgen… Und in erster Linie…«

Was denn in erster Linie? Im Wagen hatte er seine Gedanken geordnet. In der mit Mahagoni ausgestatteten Bar von ›Francis‹ hatte Liotard ihm eine Vorlesung über Erbrecht gehalten. Er kannte die Artikel des Zivilgesetzbuchs auswendig und sagte sie mit der genauen Nummer auf, wie ein Jongleur, der mit seinen Bällen spielt.

»Ich brauche Geld, das will ich gar nicht verheimlichen, und ich schäme mich dessen auch nicht. Die anständigen Leute tun die ganze Zeit nichts anderes, als hinter dem Geld herzulaufen. Auch du, Ferdinand, brauchst Geld, oder willst du vielleicht das Gegenteil behaupten?«

Es war ratsam, ihm recht zu geben, wenn man einen Ausbruch verhindern wollte. Denn widersprach man ihm, wenn er in diesem Zustand war, würde er womöglich einen Wutanfall bekommen, wie ein Kind auf den Boden stampfen und alle unangenehmen Wahrheiten herausbrüllen, die ihm durch den Kopf schossen.

Nicole, die es wußte, warf Ferdinand und seiner Frau einen flehentlichen Blick zu, sie möchten Geduld mit ihm haben.

»Schön! Was sagte ich eben?«

»Daß wir Geld brauchen...«

»Nimm also an, daß Antoine die Erbschaft nur annimmt unter... Wie hieß das noch?«

»Unter dem Vorbehalt der Prüfung des Inventars.«

»Mit diesem Trick kann er uns monatelang, jahrelang hinhalten. Und nicht nur das. Es gibt einen anderen Artikel über die Un... die Un...«

»Die Unteilbarkeit.«

»Wenn Antoine will, hat er das Recht, das Restaurant weiterzuführen, ohne es zum Verkauf auszuschreiben und ohne uns auszuzahlen... Ist das richtig?«

»Nicht so ganz … Ungefähr.«

»Also! Dämmert es dir allmählich? Wer hält die Strippe in der Hand? Hat unser Vater Buch geführt? Verstand er vielleicht etwas von Buchführung? Wer hat sich seit zwanzig Jahren mit den Geldangelegenheiten befaßt?

Man hat einen Schlüssel gefunden, schön. Aber wir haben kein Recht, ihn zu benützen, ehe wir nicht alle übereingekommen sind, daß wir die Erbschaft annehmen. Vorbehaltlos, verstehst du?«

Nein. Sein Bruder sah nicht, worauf er hinaus wollte.

»Entweder nimmt man sie an, und dann bekommt man das Geld gleich ausgezahlt, oder man nimmt sie nur unter dem Vor … dem Vorbehalt der Prüfung des Inventars an, und dann kann man Jahre warten, so lange, bis das Haus keinen Pfennig mehr wert ist … Was hat Antoine gesagt? Daß es wahrscheinlich binnen drei Jahren abgerissen wird. Weißt du, als was Liotard …«

Er lächelte voll Stolz, den Namen des Rechtsanwalts allein gefunden zu haben.

»Weißt du, als was Liotard unsere Sache bezeichnet hat?… Als ein Wespennest. Ohne Inventar kann Antoine uns erzählen, was er will, und uns Zahlen nennen, die ihm in den Kram passen. Mit Inventar hat er die Zeit für sich … Stimmt's?«

Es stimmte. Ferdinand hatte daran gedacht, es aber am Nachmittag absichtlich unterlassen, die Frage vor seinen Brüdern aufzuwerfen.

Noch vor zwei Tagen hatte er keinerlei Hoffnung gehabt, daß seine finanzielle Lage sich ändern könnte. Seit von Millionen die Rede war, war er ebenso ungeduldig wie

Bernard und darum bemüht, alle Komplikationen zu vermeiden.

Er war nicht stolz auf sich. Er sagte sich immer wieder, daß er nur Véronique zuliebe so handelte, damit er ihr ein besseres Leben bieten konnte.

Auch er beneidete Antoine, der sich jetzt als der reiche Mann der Familie herausgestellt hatte.

Antoine war von den drei Brüdern der am wenigsten gebildete, wahrscheinlich auch der am wenigsten intelligente. Fernande war ein Mädchen von der Straße, und trotzdem waren sie ein echtes Paar. Sie brauchten nur einen Blick zu tauschen und verstanden sich.

»Gib mir noch etwas zu trinken, Véronique. Ich schwöre dir, daß es das letzte Glas ist... Hab keine Angst, Nicole. Sobald ich gesagt habe, was ich noch zu sagen habe, gehen wir. Morgen werde ich einen Kater haben, das ist richtig. Verzeih mir, bitte. Du wirst dich um mich kümmern müssen... Trinkst du nie, Ferdinand?«

»Selten.«

»Da kannst du froh sein. Wenn es mich überkommt, mache ich Nicole unglücklich und mir Vorwürfe. Ihr kennt Nicole nicht. Sie selber hat abgelehnt, daß ich sie heirate, aus Angst, daß es mir schaden könnte. Auch wenn ich ihr immer wieder sage...«

Er stand auf, konnte in letzter Sekunde noch verhindern, daß er kopfüber auf den niedrigen Tisch stürzte, auf dem sein Glas stand, und küßte, sobald er das Gleichgewicht wiedergefunden hatte, der jungen Frau die Hand.

»Zunächst einmal sind wir alle drei die Söhne unseres Vaters, oder nicht?... Steckten die drei Fotos in seiner

Brieftasche oder nicht?... Das ist doch ein Beweis, da kann Antoine sagen, was er will... Wenn wir, du und ich, nicht zusammenhalten, wird Antoine uns übers Ohr hauen... Noch etwas hat der Rechtsanwalt mir gesagt... Liotard... Du siehst, daß ich mich an alles erinnere, daß ich ganz klar bin... Es betrifft unsere Mutter... Haben Vater und sie mit Gütergemeinschaft oder mit Gütertrennung geheiratet?«

»Gütergemeinschaft.«

»Folglich hat sie ein Anrecht auf die Hälfte. Wenn wir zum Friedensrichter gehen, muß sie uns begleiten und Papiere unterzeichnen...«

Véronique sah ihren Mann erstaunt, ja vorwurfsvoll an. Warum hatte er ihr von diesen Komplikationen nichts gesagt?

»Hättest du das Herz, Mama vor den Friedensrichter zu schleppen?«

»Nein.«

»Und glaubst du, daß sie noch in der Lage ist, mit ihrem Namen zu unterschreiben? Man müßte ihr die Hand führen. Dr. Pantin weiß genau, daß sie nicht mehr bei Verstand ist. In diesem Fall, sagt Liotard, muß man einen Vormund oder einen Familienrat ernennen.«

Mit hängendem Kopf saß er wieder in seinem niedrigen Sessel und wischte sich den Schweiß von der Stirn.

»Wir werden die Geprellten sein, Ferdinand... Deswegen bin ich ja gekommen. Deswegen habe ich euch aufgeschreckt. Wir dürfen nicht die Geprellten sein. Mein ganzes Leben lang bin ich der Geprellte gewesen. Du kennst mich. Du weißt, daß ich ein guter Kerl bin. Ich schenke den Leuten Vertrauen. Und weil ich ihnen Vertrauen schenke … Ich hab zuviel getrunken. Wenn das alles vorbei ist, werde ich nicht mehr trinken. Wenn ich trinke, tue ich es nur, weil … Nicole?«

»Was?«

»Erinnerst du dich noch an das, was er dir zum Schluß gesagt hat?… Entschuldigt. Allmählich bringe ich alles durcheinander … Noch ein Glas, Véronique, ein ganz kleines …«

»Nein«, widersprach Nicole. »Wenn ihr es ihm gebt, wird er einschlafen, und ich kann ihn nicht mehr nach Hause bringen.«

»Ich bin ganz klar.«

»Ich weiß.«

»Also, dann sag ihnen …«

Betreten blickte Nicole vom einen zum andern und zögerte.

»Mich geht das nichts an … Ich kenne Liotard überhaupt nicht … Er hatte ein paar Gläser intus und redete, um sich reden zu hören. Möglicherweise sind seine Ratschläge wertlos. Seiner Meinung nach sollten wir unter allen Umständen vermeiden, die Sache vor Gericht zu bringen, und statt dessen versuchen, von Antoine einen möglichst großen Brocken zu bekommen. Das waren seine Worte …

Was den Friedensrichter betrifft und die Genehmigung, den Safe zu öffnen, so handelt es sich dabei, behauptet er, nur um eine unbedeutende Formalität, und eine Unterschrift eurer Mutter, selbst wenn man ihr beim Schreiben helfen muß, würde genügen …«

Sie war rot vor Verlegenheit. Es verwirrte sie, daß Véronique, die ihr immer die kalte Schulter gezeigt hatte, sie nun neugierig, ja mit wachsender Sympathie betrachtete.

»Was hältst du davon, Ferdinand?«

»Ich muß darüber nachdenken, die Artikel im Gesetzbuch nachlesen, denn ich habe mich nie mit zivilrechtlichen Angelegenheiten befaßt. Ich muß mein Gedächtnis auffrischen.«

»Im Sack!« rief Bernard plötzlich aus, der längere Zeit geschwiegen hatte.

Und da er nichts weiter verlauten ließ, sondern schlaftrunken und ein verzücktes Lächeln auf den Lippen sitzen blieb, ergriff Nicole abermals das Wort:

»Ja. Liotard hat gesagt, daß ihr, alles in allem, eine Katze im Sack kauft. Damit ihr die Genehmigung erhaltet, den Safe zu öffnen, müßt ihr zuvor die Erbschaft annehmen. Niemand aber weiß, was in dem Safe drin ist.«

»Man könnte genausogut Schulden erben«, stotterte Bernard mit einem gezwungenen Lachen und griff nach seinem leeren Glas.

Véronique fuhr erschrocken zusammen.

»Das war sicher nur ein Scherz. Ich glaube, es hat ihm einfach Spaß gemacht, Bernard einen Schrecken einzujagen. Allerdings gab ihm die Sache mit Jason zu denken...«

»Morgen früh werde ich mich darum kümmern. Selbst wenn ich das Verhör auf Dienstag verschieben muß... Nein, auf Mittwoch.«

An die Beerdigung seines Vaters hatte er gar nicht mehr gedacht.

»Komm, Bernard. Jetzt hast du alles erzählt, was du zu

erzählen hattest. Du bist müde. Ferdinand und Véronique sind auch müde.«

»Bist du mit mir einverstanden, Ferdinand?«

»Aber ja...«

Keiner von beiden sagte, womit er einverstanden war, Bernard, weil er dazu nicht mehr in der Lage war, Ferdinand, weil er nur obenhin ja gesagt hatte, um seinen Bruder loszuwerden.

»Steh auf.«

Sie half ihm in den Mantel, der auf dem Boden liegengeblieben war.

»Weißt du, Ferdinand, dich als kleines Kind auf dem Foto zu sehen ist mir nahegegangen. Letzten Endes sind wir doch Brüder, nicht? Wir müssen wie Brüder zusammenhalten, habe ich zu Nicole gesagt, die nicht wollte, daß ich zu euch komme.«

Es dauerte mehrere Minuten, bis sie ihn an den Aufzug gebracht hatten, und Ferdinand und Véronique warteten, über das Treppengeländer gebeugt, bis sie die Eingangstür ins Schloß fallen, dann einen Motor anspringen hörten.

Wie gewöhnlich klingelte der Wecker um fünf, und Antoine, der im Finstern den Arm ausstreckte, konnte ihn noch rechtzeitig abstellen, ehe Fernande ganz erwachte. Er tastete sich aus dem Zimmer, ging ins Bad, und mit der besorgten Miene eines Mannes, der einen schweren Tag vor sich hat, begann er sich zu rasieren. Es war noch dunkel, als er erst zwischen den Gemüseständen, die nach feuchter Erde rochen, dann zwischen den Verkaufsständen mit den Fischen und Schalentieren seinen Rundgang machte.

Er beeilte sich nicht, ging ein bißchen schwerfällig durch die Hallen, drückte hier und da eine Hand, die sich ihm entgegenstreckte, und murmelte »Danke«, sooft jemand leise sagte:

»Mein Beileid, Antoine.«

Dann stand er im Laden Léons und sah eine Zeitlang schweigend zu, wie dieser die großen Fleischstücke zerteilte und zurechtmachte. Léon brach das Schweigen.

»Mein Vater will es nicht zugeben, aber es hat ihm doch einen schweren Schlag versetzt. Vier- oder fünfmal habe ich gestern gesehen, wie er an deinem Haus vorbeiging und zu den Fenstern im ersten Stock hinaufsah. Sie konnten sich gut leiden, Auguste und er. Sie waren die beiden letzten. Jetzt wartet mein Alter darauf, daß die Reihe an ihn kommt...«

Ein wenig später, nachdem Antoine seine Bestellung aufgegeben hatte:

»Kann man heute noch einmal zu ihm gehen?«

»Ja, natürlich... Übrigens, vielen Dank für die Blumen.«

»Das ist doch das mindeste.«

Jules hatte inzwischen die Läden hochgezogen und die Kaffeemaschine angestellt. Im vorderen Saal waren heute mehr Leute als gewöhnlich, Leute aus den Markthallen, wie immer um diese Zeit. Der Saal roch nach Kaffee, Schnaps und warmen Croissants. Antoine hatte den Eindruck, daß die Leute ihn anders ansahen als sonst. Er war nicht mehr der Sohn Augustes. Er hatte den Platz seines Vaters eingenommen, er war nun der Chef.

»Schenk mir einen Kaffee ein, Jules.«

Jules flüsterte ihm ins Ohr: »Ein paar haben gefragt, ob sie hinaufgehen und ihn sehen können.«

»Ich geb dir Bescheid, wenn ich herunterkomme.«

Fernande hatte daran gedacht. Fertig angezogen, in einem sehr einfachen schwarzen Kleid, demselben, das sie auch hinter der Kasse trug, half sie Madame Ledru, die Wohnung aufzuräumen und die alte Frau in ihren Lehnstuhl zu setzen.

»Ich nehme an, daß die Leute kommen werden, um ihn noch einmal zu sehen?«

»Ja, unten haben schon ein paar darum gebeten.«

»Sie können heraufkommen. Während des Mittagessens muß Liselotte mich heute an der Kasse vertreten.

Eben kam ein Anruf aus Riom. Von einem Mature, Gabriel, wenn ich richtig verstanden habe, einem seiner Großneffen. Er ist stellvertretender Bahnhofsvorsteher. Da er kostenlos reisen kann, sagt er, wird er gern zur Beerdigung kommen, wenn du ihm ein Zimmer im Viertel besorgen kannst.«

»Was hast du geantwortet?«

»Daß wir ihm eines besorgen werden. Ich werde mich gleich darum kümmern.«

Er ging wieder hinunter und gab Jules grünes Licht.

»Sie können hinaufgehen.«

Dann arbeitete er in der Küche mit Julien Bernu. Da Fernande oben beschäftigt war, trug er selber die Tagesgerichte mit roter Tinte auf der Speisekarte ein.

Als er hinaustrat, wurden Blumen abgeliefert. Noch mehr Blumen würden kommen. Da man wegen der schwarzen Wandbehänge das Fenster in dem Zimmer, in dem der Sarg stand, nicht öffnen konnte, war der Blumenduft so überwältigend, daß es Antoine davon fast schlecht wurde, zumal er schwer und süßlich schon durchs ganze Haus waberte.

Gegen halb zehn betrat Antoine die Bank, den Crédit Lyonnais in der Rue Saint-Honoré, bei der er ein Konto hatte. Er kannte den Vizedirektor, Monsieur Grangier, der sich gelegentlich um seine Angelegenheiten kümmerte.

»Herzliches Beileid, Monsieur Mature. Ich habe gehört, was geschehen ist. Übrigens, wann ist die Beerdigung?«

»Morgen um neun Uhr.«

»Ich komme selbstverständlich... Kann ich irgend etwas für Sie tun?«

»Wir sind in einiger Verlegenheit, meine Brüder und ich... Mein Vater hat kein Testament hinterlassen, aber wir haben in seiner Brieftasche einen Schlüssel gefunden.«

Er zog seinen Schlüsselbund aus der Tasche und machte seinen Safeschlüssel davon los.

»Er ist zwei oder drei Millimeter länger als dieser und glänzt stärker. Der Ring ist nicht rund, sondern oval und trägt die Nummer 113.«

»Haben Sie ihn nicht bei sich?«

Antoine wurde rot, als er antwortete:

»Nein... Ich habe ihn meinem älteren Bruder gegeben.«

»Wenn es ein Safeschlüssel ist, und danach sieht es aus, stammt er sicher aus dem Comptoir d'Escompte, denn dort haben sie Schlüssel, auf die Ihre Beschreibung paßt... Ich nehme an, daß Ihr Vater eine Filiale in seinem Viertel gewählt hat?«

»Er ist selten weit gegangen.«

»Wollen Sie, daß ich meinen Kollegen dort anrufe? Auf dem Boulevard Sébastopol gibt es ein Comptoir d'Escompte ... Einen Moment ...« Von mehreren Telefonen, die auf seinem Schreibtisch standen, nahm er das mit direkter Verbindung und wählte die Nummer.

»Geben Sie mir Monsieur Favret, bitte ... Für Monsieur Grangier ... Setzen Sie sich, Monsieur Mature ... Ja, bitte! Favret?... Ausgezeichnet, danke ... Ihrer auch?... Richten Sie ihr bitte Grüße aus ... Ich möchte Sie um eine Auskunft bitten ...

Der Vater eines unserer guten Kunden ist vor kurzem gestorben ... Mature, ja ... Wie bitte?... Eben deshalb rufe ich Sie an. Sein Sohn ist in meinem Büro. Sie haben einen Schlüssel mit der Nummer 113 gefunden ... Keine Papiere, nein ... Ist das bei Ihnen?... Einen Augenblick ... Ich werde ihn fragen ...

Sie sind mehrere Erben, nicht wahr? Drei Brüder, wenn ich nicht irre ... Und Ihre Mutter lebt noch?

Favret?... Die Mutter und drei Söhne ... Alle drei volljährig, ja ... Beim Friedensrichter ... Haben Sie vielen Dank ... Ich werde es ihm sagen ...«

Er war beinahe wie ein Taschenspieler, dem ein Trick gelungen ist.

»Es war ganz einfach, wie Sie sehen. Ihr Vater hatte also tatsächlich einen Safe im Comptoir d'Escompte. Hingegen hat er sich nie ein Konto zugelegt, vermutlich, weil Sie sich um die Geldangelegenheiten gekümmert haben. Sie brauchen nur mit Ihren Brüdern zum Friedensrichter in unserem Viertel zu gehen, Rue du Louvre. Ich glaube, es genügt sogar, wenn Sie sich an den Gerichtsdiener wenden.«

»Und meine Mutter?«

»Kann sie nicht mit Ihnen kommen?«

»Sie kann nicht mehr ausgehen.«

»Dann bekommt sie ein Formular, das sie unterschreiben muß... Ich freue mich, daß ich Ihnen einen kleinen Dienst erweisen konnte, zumal Sie vermutlich alle Hände voll zu tun haben...«

Antoine bemerkte nicht, daß die Luft draußen nach Frühling roch, daß die Frauen helle Kleider trugen, daß die Männer, wie er selbst, zum erstenmal ohne Mantel auf die Straße gingen.

Als er nach Hause kam, herrschte im Treppenhaus ein reges Kommen und Gehen, jede Viertelstunde ging ein Bote mit Blumen oder einem Kranz nach oben.

Er rief im Gericht an, und es dauerte eine ganze Weile, bis er mit Ferdinand sprechen konnte.

»Hier Antoine.«

»Ich hatte mir gerade vorgenommen, in einer Stunde zu dir zu kommen. Bist du zu Hause?«

»Ja. Ich habe die Bank gefunden.«

»Wie hast du das gemacht?«

»Ich habe den Vizedirektor meiner Bank gefragt. Ich hab ihm den Schlüssel beschrieben, und er hat beim Comptoir d'Escompte angerufen. Papa hatte dort einen Safe, aber kein Konto.«

»Ich komme.«

René Mauvis hatte Pech. Er würde bis Mittwoch warten müssen. Er war ja auch nur ein kleiner Mann, einer von denen, die sich um sechs Uhr abends in die überfüllte Metro quetschen, und wenn er nicht verdächtigt worden wäre, zwei Morde begangen zu haben, hätte kein Mensch je von ihm gesprochen. Dem Verteidiger hatte Ferdinand bereits abtelefoniert.

»Es tut mir sehr leid wegen Ihres Stundenplans, Maître. Das Verhör hätte am Samstag stattfinden können... Es ist nicht meine Schuld, daß ich es auf Mittwoch verschieben muß... Nein. Absolut unmöglich... Morgen wird mein Vater beerdigt.«

In der Rue de la Grande-Truanderie löste Antoine Fernande für eine Weile ab, damit sie ein wenig frische Luft schöpfen konnte. Die Wohnung im ersten Stock war zum Ersticken. Überall waren Blumen. Da sie im Totenzimmer keinen Platz mehr hatten, lagen sie jetzt auch im Salon: Das ganze Kanapee war mit Blumen bedeckt.

Auf ein kleines Tischchen hatte Fernande ein Silbertablett gestellt, auf dem an die zwanzig Visitenkarten lagen, die einen angekniffen, die anderen nicht.

All das war neu für Antoine. Bis jetzt war noch niemand in der Familie gestorben, und er war verwirrt. Er erkannte die beiden Männer, die gekommen waren, um den Sarg zu schließen, nicht wieder.

Wie vor ihm Fernande, stellte er sich im Salon auf, nicht weit von der offenen Tür. Zögernd traten die Besucher auf ihn zu und drückten ihm die Hand, während sie mehr oder weniger verständliche Worte murmelten. Er kannte nicht alle diese Männer und Frauen, denn es kamen nicht nur Leute aus den Markthallen. Handwerker, die für die Matures gearbeitet hatten, sahen mit einemmal ganz anders aus, weil sie nun Anzüge anhatten, während Antoine sie sonst nur in ihrer Arbeitskleidung gesehen hatte.

Der alte Hector, Léons Vater, brauchte lange, um die Treppe hinaufzusteigen, und als er oben ankam, war der Sarg bereits geschlossen. Lange blieb er davor stehen, aufrecht, ohne sich um die Leute zu kümmern, die rings um ihn kamen und gingen.

Dann tunkte er den Buchsbaumzweig in das Weihwasser und schlug feierlich das Kreuz über seinem Freund.

Er würde noch ein oder zwei Jahre leben, vielleicht auch nur bis zum nächsten Winter, und dann wäre die Reihe an Antoine, ihn in der nachbarlichen Wohnung zum letzten Mal zu grüßen.

Als Fernande wieder zu ihm trat, flüsterte sie ihm zu:

»Dein Bruder ist oben. Ich hielt es für besser, ihn nach oben zu schicken, denn unten bereiten sie schon alles für den Mittag vor, und das Personal wird gleich essen.«

Er stieg die Treppe hinauf und traf Ferdinand, der in der Mitte des Wohnzimmers stand.

»Bist du nicht müde?« fragte der Richter. »Ich hätte nicht gedacht, daß so viele Leute kommen.«

»Ich auch nicht.«

»Leider können wir euch nicht helfen, meine Frau und ich. Ich bin schon so lange aus dem Viertel weg, daß ich niemand mehr kenne, und Véronique natürlich noch weniger.«

»Natürlich.«

»Ich dachte, es ist besser, wenn wir beide uns allein unterhalten... Bernard und Nicole waren gestern abend bei uns...«

Kaum überrascht sah Antoine ihn an. Er war heute morgen ein wenig in den Wolken und zu seiner eigenen Überraschung gerade dabei, sich zu fragen, was wohl sein Bruder machte, wenn er abends in seiner Wohnung war.

Unten waren Leute. Im ersten Stock waren Leute. Und hier Ferdinand. Und in einer Stunde, gleich nach dem Mittagessen des Personals, würde er im Kasperletheater wieder auf dem Posten sein und den Gästen die Speisekarte reichen müssen.

»Bernard hatte getrunken und war ziemlich in Fahrt. Du kennst ihn ja. Immer sitzen ihm die Geldsorgen im Nacken. Und jetzt, wo er ein Vermögen in Reichweite sieht, möchte er es auf der Stelle haben und bibbert vor Angst, es könnte ihm entgehen.«

»Was stellt er sich denn vor?«

»Daß der Safe geöffnet wird, natürlich. Aber zuerst möchte ich dir eine Frage stellen: Ich gehe selbstverständlich davon aus, daß du die Erbschaft annimmst...«

»Was meinst du damit? Bin ich nicht ohnehin Erbe?«

»Schon... Es gibt da kleine gesetzliche Nuancen... Hör zu. Ich habe über die Frage gründlich nachgedacht. Wir haben zwei Möglichkeiten, die Erbschaft zu regeln. Jeder von uns kann die Erbschaft entweder ausschlagen oder unter öffentlichem Inventar annehmen, und dann nimmt sich das Gericht der Sache an und ernennt Experten...«

Antoine, der noch vor wenigen Minuten im Totenzimmer gewesen war, runzelte die Brauen.

»Ist denn jemand da, der ein Inventar verlangt?«

»Ich nicht. Bernard auch nicht. Wir vertrauen dir beide, und was Mama betrifft, die Arme, so versteht es sich ja von selbst...«

Was also? Warum sah Ferdinand so betreten und gleichzeitig so ängstlich aus? Er knetete seine Hände wie als Bub, wenn er ein Zeugnis unterschreiben ließ, dessen er sich schämte.

»Ich sehe nicht, was daran kompliziert sein sollte. Meine Bücher stehen zu eurer Verfügung. Jeder beliebige Buchhalter eurer Wahl kann sie prüfen. Und was das Geschäft betrifft, so ist es nicht schwer, in Erfahrung zu bringen, wieviel es annähernd wert ist.«

»Du hast recht... Oder genauer, du hättest recht, wenn nicht dieser Banksafe wäre. Wir wissen nichts über das Vermögen, das unser Vater hinterließ. Damit wir den Safe öffnen können, muß der Richter uns eine Genehmigung erteilen.«

»Ich weiß.«

»Vorhin habe ich mit ihm telefoniert. Wir, die drei Brüder, müssen vor ihm eine Erklärung unterschreiben, daß wir die Erbschaft annehmen.«

»Und Mama?«

Ferdinand vermied es, ihn anzusehen.

»Wenn wir zugeben, daß sie nicht mehr zurechnungsfähig ist, entstehen alle möglichen Komplikationen. Ich habe ein Formular, das sie unterschreiben soll.«

»Sie kann doch nicht mehr schreiben!«

»Sie kann, wenn deine Frau ihr die Hand führt...«

Es hätte nicht viel gefehlt, und Antoine wäre empört aufgesprungen.

»Was soll diese ganze Geschichte?« stieß er hervor und konnte sich nur mühsam beherrschen.

Das Blut war ihm zu Kopf gestiegen, und seine Augen bohrten sich in die seines Bruders.

»Es gibt keine Geschichte. Ich versuche nur, dir die Sache so einfach wie möglich zu erklären. Das Gesetz sieht vor, daß die unmittelbaren Erben, sofern sie nicht minderjährig sind, sich ohne Formalitäten in die Erbschaft teilen können. Ich bin gekommen, um dich in Bernards und in meinem Namen zu fragen, ob du damit einverstanden bist.«

»Und Mama?«

»Ich glaube nicht, daß wir irgend jemandes Rechte verletzen, wenn wir ihr helfen, ein Papier zu unterschreiben, gegen das sie, wäre sie noch bei Verstand, nichts einzuwenden hätte... Soll der Safe geöffnet werden oder nicht?«

»Er soll geöffnet werden, aber...«

Antoine wollte sagen:

Aber damit könnte man wenigstens so lange warten, bis Vater beerdigt ist.

Er wurde gedrängt, sie ließen ihm keine Ruhe. Er begann sich zu fragen, warum seine Brüder es so eilig hatten und ob das Ganze nicht eine Falle war.

»Gut. Dann wird der Safe heute nachmittag um halb drei geöffnet. Ich habe uns für zwei Uhr beim Friedensrichter angemeldet. Jeder von uns unterschreibt das gleiche Papier wie Mama... Hier das Formular, das Mama unterzeichnen soll. Bitte deine Frau...«

Antoine nahm es ihm aus der Hand und ging hinaus. Er war nicht mehr rot, sondern blaß. Auf dem Flur schob er ein paar Unbekannte, die ihm den Weg versperrten, fast grob zur Seite. Er machte Fernande, die die Beileidsbezeigungen entgegennahm, ein Zeichen, mit ihm zu kommen, und zog sie ins Zimmer seiner Mutter.

»Anscheinend ist es unerläßlich, daß sie das unterschreibt. Kannst du ihr die Hand führen?«

Sie sah ihn erstaunt an.

»Kommt das von Ferdinand?«

Er nickte.

»Werden uns daraus keine Unannehmlichkeiten entstehen?«

»Er behauptet, nein. Wenn wir ihre Unterschrift nicht haben, müssen wir sie als verrückt erklären lassen, und dann mischt sich das Gericht ein.«

Sie traute der Sache noch weniger als er.

»Hast du dir das gut überlegt, Antoine?«

Er war so angewidert, daß er in diesem Augenblick alles getan, jedes beliebige Papier unterschrieben hätte, nur um seine Ruhe zu haben.

»Tu es. Ich bleibe solange hier.«

Er stellte sich mitten im Salon auf, das Gesicht wie erstarrt, schüttelte Hände, die sich ihm entgegenstreckten, und murmelte automatisch:

»Ich danke Ihnen... Danke... Ich danke Ihnen... Morgen um neun Uhr... Ja, danke...«

Es schien ihm eine Ewigkeit, bis Fernande zurückkam und ihm das Blatt unter die Finger schob.

»Ist es gegangen?«

»Es war nicht einfach.«

Dann ging er zu seinem Bruder hinauf.

7

Hat deine Frau es geschafft?«

Antoine reichte ihm wortlos das Papier, ohne auch nur einen Blick darauf geworfen zu haben. Ferdinand schob es in seine Brieftasche, brach aber noch nicht auf.

»Ich muß mit dir über diesen Jason sprechen. Ich tue es lieber, wenn Bernard nicht da ist, sonst wird er noch einmal wütend…«

Antoine sah ihn gleichgültig an.

»Wie ich schon dachte, hat mein Kollege Mourine den Fall bearbeitet. Heute morgen hatte ich ein kurzes Gespräch mit ihm. Jason hatte eines dieser zwielichtigen Büros, von denen es rund um die Porte Saint-Martin, die Porte Saint-Denis und die Markthallen mehrere gibt.

Manche von ihnen sind auf den Ankauf und den Verkauf von Geschäften spezialisiert. Andere leihen kurzfristig Geld aus. Wieder andere helfen Handwerkern und kleinen Ladenbesitzern beim Ausfüllen der Steuererklärung und bei der Buchhaltung.

Jason übte alle diese Tätigkeiten zusammen aus. Zwei- oder dreimal sah sich die Staatsanwaltschaft in den letzten Jahren veranlaßt, die Nase in seine Angelegenheiten zu stecken, entdeckte aber nie etwas Strafbares.

Seine Kunden hatten Vertrauen zu ihm, er war ihr Buchhalter, ihr Rechtsanwalt, ihr Bankier. Du verstehst schon, was ich meine. Er war das, was die einfachen Leute auf dem Land oder in Kleinstädten einen ›Rechtsbeistand‹ nennen.

Diese Kerle machen gern krumme Touren. Wenn ich richtig verstanden habe – denn das fällt nicht in mein Ressort –, nahm er gelegentlich Leibrenten auf sein Konto. Er hat auch, was natürlich verlockend war, mit dem Geld seiner Kunden spekuliert, manchmal sogar für angesehene Notare.

Eines schönen Tages stand er vor einem Loch... und konnte es nicht mehr stopfen, war zahlungsunfähig. Die Nachricht verbreitete sich wie ein Lauffeuer im Viertel, und in der Panik haben sich alle Kunden gegen ihn gestellt.

Für meinen Kollegen Mourine ist es eine ganz banale Geschichte. Im ganzen etwa dreißig Kläger. Die Überprüfung der in Villeneuve-Saint-Georges beschlagnahmten Bücher und Papiere ergab, wie er angenommen hatte, daß die Buchhaltung gefälscht war...

Ich wollte wissen, ob unser Vater unter denen war, die Anklage erhoben haben. Offenbar nicht...

Mourine hat mir als Freundschaftsdienst und ausnahmsweise das Adreßbuch anvertraut, das mit den übrigen Dokumenten beschlagnahmt wurde...«

Er zog ein ziemlich dickes, in Wachstuch gebundenes Notizbuch hervor, das von einem Gummiband zusammengehalten wurde.

»Jason schrieb sich Namen und Adressen seiner Kunden auf, und wenn jemand starb – denn er arbeitete hauptsächlich für ältere Leute –, strich er den Namen mit Rotstift durch. Vater steht auch darin... Hier, auf dieser Seite.

Wie du siehst, stehen unter dem Namen und der Adresse nur Daten ohne irgendeinen zusätzlichen Vermerk. Im September 1947 fängt es an…«

»Das war, als Vater mir das Papier über meine Beteiligung am Geschäft ausstellte.«

»Dann sind weitere Daten untereinandergeschrieben: März 1948, Februar 1949, dann wieder März 1950, und so fort. Dazwischen, aber selten, auch andere Monate, August, November, ein einziges Mal Dezember.«

Antoine gab das Adreßbuch seinem Bruder zurück.

»Ich fürchte«, seufzte Ferdinand, »daß wir uns auf unangenehme Überraschungen gefaßt machen müssen… Ein wenig beruhigt mich nur, daß Vater nicht unter den Klägern war… Aber es ist Zeit, daß ich gehe. Ich muß noch Bernard über unser Gespräch unterrichten. Also, um zwei Uhr beim Friedensrichter im I. Arrondissement, Rue du Louvre.«

»Ich begleite dich hinunter.«

Antoine gab ihm nicht die Hand, sah auch nicht nach Fernande, sondern trat in die Küche und stellte sich dann im zweiten Saal auf, um die ersten Gäste in Empfang zu nehmen und zu plazieren.

Auf die Glasscheibe der Eingangstür hatte er einen Anschlag geklebt:

Das Restaurant bleibt am Dienstag geschlossen

Der Blumenduft drang nun bis in die Räume des Erdgeschosses, wo er sich mit den Küchengerüchen vermischte. Antoine machte die gleichen Gesten wie alle Tage, sagte die gleichen Worte wie alle Tage, aber er tat es wie ein Automat. Liselotte kümmerte sich um die Kasse und gleichzeitig um die Garderobe.

Er hatte nicht zu Mittag gegessen. Auf einem seiner Gänge in die Küche aß er nur rasch ein kaltes Hühnerbein.

Der rothaarige Kellner François hatte die Mahlzeit für Fernande und die alte Frau nach oben getragen. Die Sonne schien voll in den vorderen Saal, spiegelte sich auf dem Zinktresen und den Flaschen. Auch das Gemüse, die Früchte und Blumen in den Markthallen glänzten an diesem Morgen in der Sonne, aber er hatte keinen Blick dafür.

Gewöhnlich galt morgens, wenn er aus dem Haus trat, sein erster Blick dem Himmel. Fast wie die Bauern hätte er die Stunde nach dem Stand der Sonne angeben können, nach dem Winkel der Strahlen, die in das Café oder in die Wohnung fielen.

Seit Samstag war er dafür unempfindlich, ja es war ihm kaum bewußt, daß plötzlich der Frühling ausgebrochen war.

Als er nach oben ging, lag seine Mutter im Bett, und Fernande machte ringsum Ordnung. Sie brauchte nur einen Blick auf ihn zu werfen, um zu wissen, daß er verstimmt war.

»Was ist los mit dir? Ist irgend etwas nicht in Ordnung? Ist es der Besuch von Ferdinand?«

Er antwortete mit einer Geste, als wolle er etwas Unbegreifbares verscheuchen.

»Nicht nur...«

»Gehst du weg?«

»Ich begleite sie zum Friedensrichter, und anschließend gehen wir gemeinsam zur Bank.«

Als er in der Rue du Louvre ankam, stand Ferdinand bereits auf dem Gehsteig.

»Bernard ist noch nicht gekommen«, sagte sein Bruder und sah auf die Uhr. »Er hat sich verspätet.«

In diesem Augenblick hielt der von Nicole gesteuerte Wagen neben dem Gehsteig. Bernard sah munter aus, doch seine Augen waren wie blicklos.

»Hallo!« rief er.

Und Nicole sagte rasch zu Ferdinand:

»Keine Angst, ich komme nicht mit. Ich wollte nur sicher sein, daß er die Verabredung einhält. Heute früh fühlte er sich nicht gut, und ich mußte ihm eine Spritze geben.«

Ihr Besuch beim Friedensrichter war kurz.

»Antoine Mature?... Wollen Sie hier unterschreiben?... Dann noch hier, bitte... Ich danke Ihnen... Sie sind Bernard Mature, nehme ich an. Wissen Sie Bescheid?«

»Wo soll ich unterschreiben?«

»Hier... und hier...«

Keine zehn Minuten waren vergangen, als sie mit der zur Öffnung des Safes nötigen Genehmigung aus dem Gebäude traten. Der Wagen war verschwunden und mit ihm Nicole.

Die drei Brüder gingen zu Fuß zum Boulevard Sébastopol. Sie hatten sich nichts zu sagen. Jeder hing seinen eigenen Gedanken nach.

Die Straßen, durch die sie kamen, waren dieselben, in denen sie als Kinder gespielt hatten, und Antoine erinnerte sich besonders daran, wie die Männer von der Straßenreinigung mit Wasserschläuchen, die fast ebenso mächtig waren wie die der Feuerwehr, die Straßen von faulem Gemüse und Abfällen gesäubert hatten.

Durch den Strahl zu laufen war im Sommer das große Spiel gewesen. Ob seine Brüder sich noch daran erinnerten?

Der Direktor des Comptoir d'Escompte, mager, graumeliert und wie aus dem Ei gepellt, erwartete sie und drückte ihnen die Hand.

»Hier entlang, meine Herren.«

Er führte sie ins Untergeschoß, wo ein uniformierter Wächter eine erste Gittertür vor ihnen aufschloß. Dann durchschritten sie eine mächtige Stahltür.

»Haben Sie die richterliche Genehmigung?«

Ferdinand reichte sie ihm.

»In Ordnung. Wer hat den Schlüssel?«

»Hier ist er.«

Betreten öffnete Ferdinand den Umschlag mit den fünf Siegeln, der ihnen einen erstaunten Blick des Direktors einbrachte.

Er drehte zuerst einen Schlüssel der Bank im ersten, dann den Schlüssel, den sie ihm gegeben hatten, im zweiten Schloß um.

Einen Augenblick lang herrschte beklommenes Schweigen.

Wie gebannt blickten die drei Brüder auf den Safe, vielleicht in der Erwartung, ihn leer zu finden.

»Wenn Sie mich brauchen, lassen Sie mich rufen. Ich stehe ganz zu Ihrer Verfügung.«

Er entfernte sich raschen Schritts, seine neuen Schuhe

knarrten. Hinter ihnen standen Tische und Stühle, und in einer Ecke neben dem Gitter der unerschütterliche Wächter, der tat, als blicke er anderswohin.

Ferdinand sah aus, als wollte er seine Brüder fragen, was er tun solle; dann entschloß er sich, streckte die Hand aus und ergriff einen Packen Dokumente, den er auf einen Tisch legte.

Es waren Aktien, bündelweise von einem Gummiband zusammengehalten, die meisten in englischer Sprache abgefaßt. Keiner von den dreien konnte Englisch. Auch auf spanisch abgefaßte Aktien waren darunter, aber Spanisch konnten sie ebensowenig.

»Wir müssen ihn rufen«, schlug Bernard vor. »Es sei denn, einer von euch kennt sich damit aus...«

»Wünschen Sie, daß ich den Direktor verständige?« fragte der Wächter.

»Bitte sehr.«

Sie befanden sich unter der Erde, von dicken Betonmauern eingeschlossen, die jedes Geräusch dämpften. An einem Tisch trennte eine vierzigjährige Frau langsam Coupons von den Aktien, die sich vor ihr stapelten, und warf von Zeit zu Zeit einen neugierigen Blick auf die drei Brüder.

Sie mußten einen seltsamen Anblick bieten. Sie wagten sich kaum anzusehen. Die Neonbeleuchtung ließ sie noch bleicher erscheinen, als sie waren, beinahe grün. Wie schwebend in Raum und Zeit, starrten sie auf das Gitter und die Treppe in Erwartung des kleinen Mannes, der das Verdikt sprechen würde.

»Sie haben mich gerufen?«

Da die beiden anderen schwiegen, ergriff Ferdinand wieder das Wort.

»Wir wüßten gern, was diese Aktien wert sind.«

Der Direktor warf einen Blick auf das erste Bündel:

»Kanadische Goldbergwerke.«

Dann auf das zweite:

»Kolumbianische Bergwerke.«

Ein drittes, ein viertes. Als er beim letzten angekommen war, sah er sie erstaunt an.

»Ich vermute, daß Ihr Vater diese Aktien gekauft hat? Darf ich fragen, ob Sie in der Erwartung gekommen sind, daß sie einen großen Wert darstellen?«

»Unser Vater hatte jährlich ungefähr hunderttausend Francs anzulegen…«

»Wissen Sie, wer ihn beraten hat?«

»Wahrscheinlich ein Geschäftsmann aus dem Viertel.«

Bernard war mit seiner Geduld am Ende und kaute wie als Kind an seinen Fingernägeln.

»Wissen Sie, wie Sie ihn belangen könnten?«

»Er ist im Gefängnis gestorben.«

»Das überrascht mich nicht… Es tut mir leid, meine Herren, Ihnen sagen zu müssen, daß Sie aus diesen Aktien bestenfalls zehntausend Francs lösen werden, vorausgesetzt, daß Sie einen Käufer finden, was ich bezweifle.«

Im Safe lag noch ein praller, mit einem Gummi zusammengehaltener Umschlag aus festem braunem Papier. Ferdinands Finger zitterten vor Nervosität, als er ihn öffnete.

Der Umschlag enthielt vier Bündel Banknoten zu je zehntausend Francs und zweitausendachthundertfünfzig Francs in kleinen Scheinen.

Die beiden anderen wußten nicht, was das zu bedeuten hatte, aber Antoine hatte sofort den Umschlag erkannt, den er selbst seinem Vater überreicht hatte.

»Das ist Papas Gewinnanteil vom letzten Jahr. Ich habe ihm diese Summe am 8. Februar nach der Inventur gegeben.«

»Brauchen Sie mich noch, meine Herren?«

Bernard ließ nicht locker:

»Besteht keine Möglichkeit, daß diese Aktien wieder steigen?«

»Sie werden an den Börsen nicht mehr notiert. Manche sind noch nie notiert worden. Und was die südamerikanischen Aktien betrifft, so sind die entsprechenden Bergwerke entschädigungslos nationalisiert worden.«

»Was sollen wir damit machen?«

»Was Sie wollen ... Möchten Sie den Safe noch behalten?«

Das Ende der Unterredung war kläglich. Antoine sah seine beiden Brüder sich wie Gespenster in einer unwirklichen Welt bewegen.

Der sorgfältig gekleidete Herr war zu einer Art Demiurg geworden. Er hatte das Verdikt gesprochen, nun fehlte nur noch, daß er höhnisch lachte.

Welche Erinnerung würde er an die Begegnung mit den Brüdern Mature behalten?

»Wohin gehst du?« fragte Ferdinand Antoine.

»Nach Hause.«

»Einen Augenblick. Es ist wohl besser, wenn wir zusammen hinausgehen.«

Er wandte sich an den Direktor:

»Können wir den Safe noch ein paar Tage behalten?«

»Unter welchem Namen?«

»Unter unseren drei Namen.«

»Sie brauchen nur eine Probe Ihrer Unterschriften an der Kasse zu hinterlegen. Ich werde veranlassen, daß die Formulare vorbereitet werden.«

Ferdinand legte die Aktien in den Safe zurück. Er konnte sie schließlich nicht unter dem Arm forttragen, da er kein Papier hatte, um sie einzuwickeln.

»Was mache ich mit dem Geld?«

»Vielleicht sollten wir nicht gerade hier darüber sprechen.«

»Soll ich es mitnehmen?«

»Ich verlange, daß es mitgenommen wird«, sagte Bernard, der aussah, als würde er gleich zu weinen anfangen.

Oben hinterlegten sie ihre Unterschriften, ohne den Direktor noch einmal zu sehen. Dann standen sie auf dem Gehsteig in der prallen Sonne. Vor einem Warenhaus standen Schnäppchenstände. Frauen wühlten in der Wäsche.

»Gehen wir etwas trinken?«

Antoine wollte sie lieber nicht wieder in der Rue de la Grande-Truanderie haben. Sie traten in den kühlen Schatten einer Brasserie und gingen in eine leere Ecke des Saales.

Bernard bestellte einen Cognac, seine Brüder ein Bier.

»Ich frage mich, ob unser Vater nicht einfach verrückt geworden ist...«

»Das war Jason...«, begann Ferdinand.

Er verstummte und wartete, bis der Kellner sie bedient hatte. Bernard stürzte seinen Cognac auf einen Zug hinunter und bestellte einen zweiten.

»Paß auf! Vergiß nicht, daß morgen die Beerdigung ist.«

»Die Beerdigung ist mir schnuppe.«

Er verbiß sich ein Schluchzen.

»Ihr zwei, ihr braucht kein Geld. Aber wenn *ich* bis Ende dieser Woche nicht zehntausend Francs zurückzahle, lande ich Gott weiß wo.«

Grimmig fügte er, gegen Ferdinand gewandt, hinzu:

»Vielleicht in deinem Büro! Und das alles, weil mein Vater sich für schlauer hielt als andere, während er in Wirklichkeit nur ein alter Idiot war.«

»Jason ist schuld...«

»Was, Jason?«

»Wir haben doch gestern darüber gesprochen... Vater hatte Vertrauen zu ihm...«

»Und Jason hat ihm die Aktien verkauft?«

»Wahrscheinlich... Vater stellte sich sicher vor, daß er uns ein phantastisches Vermögen hinterlassen würde. Das ist einer der Gründe, weshalb er mit uns nie über Geld gesprochen hat. Er wollte uns damit überraschen...«

»Warum hat er nicht Anklage erhoben, als Jason verhaftet wurde?«

Gerade daran hatte Antoine in einer Art Geistesabwesenheit gedacht. Er hörte kaum, was seine Brüder sagten. Er kannte seinen Vater besser als sie, und er stellte sich vor, was für ein schrecklicher Schlag es für ihn gewesen sein mußte, als er erfuhr, daß der Mann, dem er sein Vertrauen geschenkt hatte, ein Schwindler war.

Mit den anderen Klage erheben hieß seine Naivität eingestehen. Er hätte damit auch vor seinen Söhnen zugeben müssen, daß nichts übrigblieb von der Erbschaft, die sie erwarteten.

Seit seinem zwölften Lebensjahr hatte er gearbeitet, sein ganzes Leben lang, und jeden Pfennig umgedreht, um ein Vermögen zusammenzubringen. Davon war nichts geblieben als das Restaurant – dessen eigentliche Seele nun Antoine war.

Monatelang hatte er mit dem beschämenden Gefühl gelebt, daß er nach seinem Tod Erbitterung statt Trauer zurücklassen werde.

Es war Antoine, als habe er seinen Vater nie so gut verstanden, seinen bäuerlichen Atavismus, seine Bescheidenheit und seinen Stolz.

»Was geschieht nun mit diesem Geld?« wagte Bernard schließlich zu fragen, der es vor Angst und Ungeduld nicht mehr aushielt.

Es war wie jedesmal, wenn er einen seiner Brüder anpumpte. Zu Anfang bat er sie um Tausende von Francs für ein fabulöses Geschäft. Dann gab ein Wort das andere, bis er zuletzt mit einem Taschengeld von ein paar hundert Francs zufrieden war.

Er hatte eben ein Vermögen verloren. Innerhalb weniger Minuten war seine Zukunft zusammengebrochen. Aber in Ferdinands Taschen waren noch ein paar Geldscheine, die er befühlen, mit denen er sich seiner dringendsten Geldsorgen entledigen und sich der Illusion hingeben könnte, daß er wieder obenauf war.

»Was meinst du, Antoine?«

»Ihr könnt es euch teilen als Anzahlung auf das, was ich euch für das Restaurant schulde.«

»Willst du nicht, daß wir eine Quittung unterschreiben?«

»Ich brauche keine Quittung.«

Er stand auf.

»Ihr entschuldigt mich… Fernande wartet auf mich.«

Er hatte keine Lust mit anzusehen, wie sie sich zwischen den Bier- und Cognacgläsern unter dem Blick des gleichgültigen Kellners das Geld teilten.

8

Man hätte glauben können, die ganze kleine Welt der Halles, alle Händler des Viertels hätten sich in der Rue de la Grande-Truanderie ein Stelldichein gegeben. Der alte Chaussard in seinem Sonntagsstaat hielt sich auf dem gegenüberliegenden Gehsteig sehr gerade neben seinem Sohn, der einen schwarzen Anzug und eine schwarze Krawatte trug.

Einige Frauen waren in ihren alten Arbeitskleidern gekommen, wie sie eben waren: Sie hatten nur für einen Augenblick ihren Stand verlassen, und manch eine wischte sich mit dem Schürzenzipfel die Augen.

Gabriel, der Großneffe aus Riom, hatte seine Frau und seine drei Kinder mitgebracht. Er stand im Totenzimmer, wo schon kein Platz mehr war für alle, die in letzter Minute am Sarg vorbeigingen.

Fernande, Véronique und Nicole waren zu Hause geblieben, während die drei Brüder Seite an Seite hinter dem Sarg schritten, der langsam in Richtung der Kirche Saint-Eustache fortschwankte.

Die Luft war lind. Noch immer schien die Sonne. Drehte man sich um, sah man eine dunkle Menge in einem mehr als dreihundert Meter langen Zug. Das Totenglöcklein läutete in einen wolkenlosen Himmel hinein.

Sie sprachen kein Wort, sie sahen sich nicht an. Der Zeremonienmeister im Zweispitz führte sie durch den Halbschatten der Kirche an ihre Plätze in der ersten Reihe, und hier blieben sie stehen, regungslos, während hinter ihnen die Stühle auf den Fliesen gerückt wurden.

Das Hauptportal blieb geöffnet, denn auch auf dem Vorplatz standen noch Leute, und so hob sich eine große Sonnenraute gegen die Dunkelheit der Kirche ab.

Bei der Kollekte steckte jeder die Hand automatisch in die Tasche.

Pater noster...

Der Priester im schwarzen Meßgewand schritt, das Weihrauchfaß schwenkend, um den Katafalk, ein ganz junger Ministrant trottete hinter ihm her und kniete nieder, als er am Tabernakel vorbeikam.

Et ne nos inducas in tentationem...

Vom Lettner herab drangen die Stimmen der Chorsänger wie in Wogen in alle Winkel des weiten Kirchenschiffs.

Amen...

Antoine war das Blut in den Kopf gestiegen, er fühlte, daß seine Ohren rot waren. Morgen würde er all diese Männer und Frauen, die nun die Kirche füllten, in den Markthallen und in deren Umgebung wieder an ihrem Platz finden, als wäre nichts geschehen. Um sieben Uhr würde er Jules bitten, ihm eine Tasse Kaffee einzuschenken, nachdem er sich zuvor mit Léon hinter dem rotgestrichenen Gitter der Metzgerei unterhalten haben würde.

In ein paar Jahren würden die Halles verschwinden, die Buden auseinandergenommen werden wie Kinderspielzeug, dann würden als erstes die Hausfassaden einstürzen, die Böden, die Treppenhäuser, und auf den Mauerresten würden die Tapeten zu sehen sein und auf den Tapeten noch die Umrisse der Möbel.

Der Mann im Zweispitz zupfte ihn am Ärmel. Er folgte ihm. Oder genauer, er folgte Ferdinand, der als Ältester den Zug eröffnete.

Vor der Kirche entstand ein Gedränge. Nicht nur der Totenwagen wurde mit Blumen und Kränzen beladen, noch zwei weitere Wagen waren nötig, um allen Blumenschmuck aufzunehmen.

Man sah nur Köpfe, Hunderte von Köpfen, und über ihnen, irgendwo, die Fahne des Vereins der Auvergner in Paris.

Jemand drückte ihm im Vorübergehen verstohlen die Hand, er wußte nicht, wer es war. Dann saß er mit seinen zwei Brüdern im Auto.

Es dauerte noch zehn Minuten, bis sich der Zug in Bewegung setzte. Im vorausfahrenden Auto leuchteten das weiße Chorhemd des Priesters und der blonde Schopf des Ministranten.

Bei den Markthallen fuhren sie langsam durch ein Spalier schweigender Zuschauer. Als der Zug an die Seine-Quais gelangte, beschleunigte er ein wenig das Tempo.

Die drei Brüder saßen regungslos, schweigend, als nehme keiner die Anwesenheit der beiden anderen zur Kenntnis. Man fuhr nun zwischen Häuserreihen hindurch, Balkone waren zu sehen, Wäsche hing an den Fenstern zum Trocknen. Dann kamen die Vororte, die Viertel mit sozialem Wohnungsbau, dahinter Brachland.

Sie wurden von Wagen überholt, deren Insassen sich

umdrehten, um den Totenwagen zu sehen und die Gesichter in den ihm folgenden Autos zu erkennen.

Die ersten Knospen waren aufgegangen, kleine, lebendige Büschel von zartem Grün quollen aus ihnen hervor. Irgendwo standen zwei Bäume in Blüte. Mächtige Wasserstrahlen besprengten das ummauerte Feld eines Gemüsegärtners, und eine Frau zog gebückt Porreestengel aus der Erde.

Bald würden sich alle im Restaurant versammeln, im Kasperletheater, wo die Tische wie zu einer Hochzeit zusammengerückt worden waren. Man würde Gabriel, den stellvertretenden Bahnhofsvorsteher, wiedersehen, seine Familie, die alte Frau aus Saint-Hippolyte, die man nur flüchtig gesehen hatte, und noch andere, mehr oder weniger entfernte Verwandte, die eine Zeitlang zu Augustes Leben gehört hatten.

Lag wirklich der alte Mann in dem Totenwagen, der von Zeit zu Zeit in einer Kurve zu sehen war?

Für Antoine, vielleicht auch für andere, war er nicht nur tot: Er existierte nicht mehr. An seiner Stelle blieb nichts. Er ließ nichts zurück.

Früher einmal hatte es dieses blonde sechzehnjährige Mädchen mit dem zerzausten Haar gegeben, dessen Foto er sein Leben lang in der Brieftasche mit sich herumgetragen hatte.

Es hatte dieses Bistro bei den Halles gegeben, mit seinen Würsten und riesigen Broten, das der Alte voll Stolz auf dem Foto gezeigt hatte, ehe er, Tischtuch und Gedecke mit sich reißend, zu Boden gestürzt war.

Es hatte die Söhne gegeben, zuerst Ferdinand und Antoine, dann Bernard, die einer nach dem anderen im Sägemehl vor dem Tresen herumgekrochen waren.

Sie waren eine Familie gewesen. Auguste hatte eine Frau und drei Söhne gehabt.

Eine Frau, die man heute mit dem Löffel füttern mußte und der man am Abend zuvor eine Unterschrift abgerungen hatte, um sie so schnell wie möglich zu Geld zu machen.

Drei Söhne, die Brüder gewesen waren, die zusammen im selben Zimmer geschlafen, die die gleiche Angst vor der Dunkelheit und die gleiche Freude beim Herumtollen auf der sonnenbeschienenen Straße hatten.

Alle drei waren sie nun in diesen Wagen eingeschlossen, schwiegen, hatten sich nichts zu sagen, wagten nicht zu sprechen, weil der alte Auguste gestorben war und sie einander fremd geworden waren.

Übrig blieben einzig der Zinktresen und die Auslage mit den Wurstwaren.

Wenn schließlich auch das Haus verschwand, würde Antoine mit Fernande zusammen wahrscheinlich irgendwo ein Hotel bauen lassen, vorzugsweise am Meer, und sie würden zusammen alt werden und würden nichts hinterlassen als Geld, Geld, um das sich die Kinder von Jean-Loup und vielleicht die von Marie-Laure, wenn sie eines Tages heiratete, streiten würden – und ein gealterter Bernard, der immer noch versuchte, sein Glück zu machen.

Antoine betrachtete die beiden Gesichter ihm gegenüber. Sie waren so leer wie seines.

Epalinges (Waadt), den 17. März 1966

Bitte beachten Sie auch
die folgenden Seiten

Georges Simenon im Diogenes Verlag

»Er schrieb 193 Romane und 51 Erzählungen unter seinem Namen und über 200 Romane unter 18 verschiedenen Pseudonymen, sein Werk wurde weltweit mehr als eine halbe Milliarde mal verkauft und in 200 Sprachen übersetzt. Damit ist er, nach Jules Verne und Shakespeare, der erfolgreichste Schriftsteller aller Zeiten. Die meisten seiner Bücher schrieb er in weniger als zwei Wochen, und in den 42 Jahren seines Schriftstellerlebens, von dem er sich 1972 zurückzog, schrieb er jährlich durchschnittlich 4 bis 5 Bücher. 56 Kinofilme wurden bisher nach seinen Romanen und Erzählungen gedreht (zu denen u.a. Patricia Highsmith, Jean Anouilh und Marcel Aymé die Drehbücher schrieben) und über 280 Fernsehfilme.«
Patrick Marnham

»Simenon ist der meistgelesene, meistübersetzte, meistverfilmte, mit einem Wort, der erfolgreichste Schriftsteller des Jahrhunderts.«
Hanjo Kesting/Die Zeit, Hamburg

»Da lesen ihn Hausfrauen und die experimentellen Lyriker; es lesen ihn die Stenotypistinnen und die Mythenforscher, die Automechaniker und die Atomphysiker... ja, ich kenne Texteverfasser von höchster Esoterik, die, wenn sie einmal ein Buch lesen wollen, ein richtiges Buch, Simenon lesen und nichts als Simenon, jede Zeile von ihm...« *Alfred Andersch*

»Ich lese jeden neuen Roman von Simenon.«
Walter Benjamin

»Bekannter unbekannter Simenon – der Literat mit Auflagenweltrekord ist eine irritierende Erscheinung unter den Schriftstellern des 20. Jahrhunderts. Millionen Leser rund um den Erdball kennen seinen

wortkargen, rotweintrinkenden Kommissar Maigret. Nachzuholen haben deutsche Leser das Erlebnis und den subtilen Genuß der rund 130 sogenannten ›Non-Maigret-Romane‹, die zu den Meisterleistungen der zeitgenössischen Weltliteratur zählen. Diogenes betreut seit 1977 das Gesamtwerk Simenons in makellosen Übersetzungen. Was soll man von Simenon lesen? Die Antwort lautet: alles!«
taschenbuch magazin

»Erzähltalent ist das seltenste aller Talente im 20. Jahrhundert. Was wir sonst an Romanen und Erzählungen vorgesetzt bekommen, zeugt von allem, nur nicht von gottgegebener Begabung. Simenon hat diese Begabung, bis in die Fingerspitzen. Alle können wir von ihm lernen.« *Thornton Wilder*

»Simenon macht süchtig. Wie jede Sucht – und wie jeder Genuß – muß die ›Simenonitis‹ erst gelernt werden. Man braucht mindestens ein halbes Dutzend Simenon-Romane, bis man ihren Reiz verspürt, bis man unter Entzugserscheinungen leidet, wenn der Nachschub aussetzt. Simenon ist ein Rauschmittel, das ist eine der Ursachen seines Welterfolgs.«
Georg Hensel/Frankfurter Allgemeine Zeitung

Robert J. Courtine
Simenon und Maigret bitten zu Tisch
Die klassischen französischen Bistrorezepte
der Madame Maigret
Aus dem Französischen von Pierre F. Sommer
Mit zahlreichen Abbildungen

Original französische Bistrorezepte – eine traditionelle Küche, die heute wieder die Teller erobert.
Georges Simenon hat in seinen unzähligen Romanen nicht nur die unsterblich gewordene Figur des Kriminalkommissars Maigret geschaffen, sondern auch der französischen Küche ein Denkmal gesetzt. Denn: Maigret liebt die echte, bodenständige Kost, wie sie am heimischen Herd oder im Bistro um die Ecke gepflegt wurde.
Robert J. Courtine, Kolumnist bei *Le Monde* und langjähriger Freund Simenons, hat die Gerichte bis zu ihren Ursprüngen zurückverfolgt, die Rezepte vereinfacht und heutigen Eßgewohnheiten angepaßt.
Begleitet wird die Rezeptsammlung von kurzen *Maigret*-Zitaten und stimmungsvollen Fotos aus dem Paris der fünfziger Jahre.

»Eine Sammlung köstlicher und gut nachkochbarer Rezepte.« *The New York Times*

Leon de Winter im Diogenes Verlag

»Leon de Winter gehört in die Reihe der bedeutenden Gegenwartsautoren wie John Updike, Philip Roth oder Harry Mulisch.«
Ellen Pomikalko / Brigitte, Hamburg

»Ein neuer europäischer Romancier von Rang: Leon de Winter beweist, wie man E und U spielerisch verbindet.« *Abendzeitung, München*

»Leon de Winter hat etwas zu erzählen, und er tut es so gut, daß man nicht genug davon bekommen kann.«
Rolf Brockschmidt / Der Tagesspiegel, Berlin

Hoffmans Hunger
Roman. Aus dem Niederländischen
von Sibylle Mulot

SuperTex
Roman. Deutsch von
Sibylle Mulot

Serenade
Roman. Deutsch von
Hanni Ehlers

Zionoco
Roman. Deutsch von
Hanni Ehlers

Französische Literatur im Diogenes Verlag

Honoré de Balzac

Zwei Frauen. Roman. Deutsch von Gabrielle Betz

Die Frau von dreißig Jahren. Roman. Deutsch von Erich Noether. Mit einem Nachwort von Eugen Lerch

Vater Goriot. Roman. Deutsch von Rosa Schapire. Mit einem Nachwort von W. Somerset Maugham

Eugenie Grandet. Roman. Deutsch von Mira Koffka

Junggesellenwirtschaft. Roman. Deutsch von Franz Hessel

Verlorene Illusionen. Roman. Deutsch von Otto Flake. Mit einem Nachwort von Hans-Jörg Neuschäfer

Glanz und Elend der Kurtisanen. Roman. Deutsch von Emil A. Rheinhardt

Tante Lisbeth. Roman. Deutsch von Paul Zech

Vetter Pons. Roman. Deutsch von Otto Flake

Eine dunkle Geschichte. Roman. Deutsch von Friedrich von Oppeln-Bronikowski und Frieda von Oppeln

Der Landpfarrer. Roman. Deutsch von Emmi Hirschberg. Mit einem Nachwort von Hippolyte Taine

Die tödlichen Wünsche. Das Chagrinleder. Roman. Deutsch von Emil A. Rheinhardt

Pariser Geschichten. Deutsch von Otto Flake. Mit einem Nachwort von Egon Friedell

Mystische Geschichten. Deutsch von Franz Hessel, Else von Hollander und Emmi Hirschberg. Mit einem Nachwort von W. Dilthey

Tolldreiste Geschichten. Deutsch und mit einem Nachwort von Herbert Kühn. Mit Bildern von Gustave Doré

Oberst Chabert. Erzählung. Deutsch von Ernst Weiss

Meistererzählungen. Ausgewählt von Auguste Amédée de Saint-Gall. Mit einem Nachwort von Georges Simenon

Balzac – Leben und Werk. Zeugnisse und Aufsätze von Victor Hugo bis Georges Simenon. Mit einem Repertorium der wichtigsten Romanfiguren, Chronik und Bibliographie. Herausgegeben von Claudia Schmölders. Erweiterte Neuausgabe 1993

Charles Baudelaire

Die Tänzerin Fanfarlo und *Der Spleen von Paris.* Prosadichtungen. Deutsch von Walther Küchler

Die Blumen des Bösen. Gedichtzyklus. Deutsch von Terese Robinson. Nachwort von Hans H. Henschen

Albert Camus

Weder Opfer noch Henker. Über eine neue Weltordnung. Mit einem Nachwort von Heinz Robert Schlette und einem Beitrag von Hans Mayer

Choderlos de Laclos

Gefährliche Liebschaften. Roman. Deutsch von Franz Blei. Mit einem Nachwort von Renate Briesemeister

Charles de Coster

Die Geschichte von Ulenspiegel und Lamme Goedzak und ihren heldenmäßigen, fröhlichen und glorreichen Abenteuern im Lande Flandern und anderwärts. Deutsch von Karl Wolfskehl. Mit einem Nachwort von Peter Müller

Eugène Delacroix

Mein Tagebuch. Deutsch und mit einer Einleitung von Erich Hancke, einem Essay von Charles Baudelaire sowie einem Personenregister

Philippe Djian

Betty Blue. 37,2° am Morgen. Roman. Deutsch von Michael Mosblech

Erogene Zone. Roman. Deutsch von Michael Mosblech

Verraten und verkauft. Roman. Deutsch von Michael Mosblech

Blau wie die Hölle. Roman. Deutsch von Michael Mosblech

Rückgrat. Roman. Deutsch von Michael Mosblech

Krokodile. Sechs Geschichten. Deutsch von Michael Mosblech

Pas de deux. Roman. Deutsch von Michael Mosblech

Matador. Roman. Deutsch von Ulrich Hartmann

Ich arbeitete für einen Mörder. Roman. Deutsch von Ulrich Hartmann

Jean-Henri Fabre

Das offenbare Geheimnis. Aus dem Lebenswerk des Insektenforschers. Eine Auswahl aus den ›Souvenirs entomologiques‹. Herausgegeben von Kurt Guggenheim und Adolf Portmann. Mit einem Essay von Martin Lin-

dauer. Deutsch von Kurt Guggenheim. Mit Bildtafeln und Zeichnungen
Wunder des Lebendigen. Aus der vielfältigen Welt der Insekten. Herausgegeben von Martin Lindauer und Jost M. Franz. Deutsch von Liselotte Ronte

● Gustave Flaubert
Jugendwerke. Erste Erzählungen. Herausgegeben, deutsch und mit einem Nachwort von Traugott König
Reisetagebuch aus Ägypten. Deutsch von E.W. Fischer. Mit einem Nachwort von W. Koeppen
Die Versuchung des heiligen Antonius. Deutsch von Felix Paul Greve
Madame Bovary. Sitten der Provinz. Roman. Deutsch von René Schickele und Irene Riesen. Mit einem Nachwort von Heinrich Mann
Salammbô. Roman. Deutsch von Friedrich von Oppeln-Bronikowski
Die Erziehung des Herzens. Geschichte eines jungen Mannes. Deutsch von Emil A. Rheinhardt. Mit den Rezensionen von Jules Barbey d'Aurevilly, George Sand und Émile Zola sowie einem Glossar im Anhang
Drei Geschichten. Deutsch von E.W. Fischer
Bouvard und Pécuchet. Roman. Deutsch von Erich Marx
November. Erinnerungen, Aufzeichnungen und innerste Gedanken / Memoiren eines Irren. Herausgegeben, übersetzt und mit einem Nachwort von Traugott König
Briefe. Herausgegeben, kommentiert und übersetzt von Helmut Scheffel

● Französische Moralisten
La Rochefoucauld, Vauvenargues, Montesquieu, Chamfort. Deutsch und herausgegeben von Fritz Schalk

● Victor Hugo
Der Glöckner von Notre-Dame. Roman. Deutsch von Philipp Wanderer. Nachwort von Arthur von Riha
Der letzte Tag eines Verurteilten. Roman. Deutsch und mit einem Vorwort von W. Scheu.

● Joris-Karl Huysmans
Tief unten. Roman. Deutsch von Gustav Gugitz. Mit einem Nachwort von Manfred Ach

● François de La Rochefoucauld
Spiegel des Herzens. Seine sämtlichen Maximen. Herausgegeben und mit einem Vorwort von Wolfgang Kraus. Deutsch von Fritz Habeck

● Guy de Maupassant
Das Haus Tellier und andere Erzählungen. Deutsch von Georg von der Vring
Der Schmuck und andere Erzählungen. Deutsch von Georg von der Vring
Mamsell Fifi und andere Erzählungen. Auswahl, Übersetzung und Nachwort von Walter Widmer
Das Glück und andere Erzählungen. Deutsch von Walter Widmer
Eine List und andere Erzählungen. Deutsch von Walter Widmer
Meistererzählungen. Ausgewählt, übertragen und mit einem Nachwort von Walter Widmer

● Prosper Mérimée
Meistererzählungen. Deutsch von Arthur Schurig und Adolf V. Bystram. Nachwort von V. S. Pritchett

● Molière
Komödien in sieben Bänden in der Neuübersetzung von Hans Weigel

Der Wirrkopf / Die lächerlichen Schwärmerinnen / Sganarell oder Der vermeintlich Betrogene

Die Schule der Frauen / Kritik der ›Schule der Frauen‹ / Die Schule der Ehemänner

Tartuffe oder Der Betrüger / Der Betrogene oder George Dandin / Vorspiel in Versailles

Don Juan oder Der steinerne Gast / Die Lästigen / Der Arzt wider Willen

Der Menschenfeind / Die erzwungene Heirat / Die gelehrten Frauen

Der Geizige / Der Bürger als Edelmann / Der Herr aus der Provinz

Der eingebildete Kranke / Die Gaunereien des Scappino

● Michel de Montaigne
Essais nebst des Verfassers Leben nach der Ausgabe von Pierre Coste, ins Deutsche übersetzt von Johann Daniel Tietz. Mit Personen- und Sachregister sowie einem Nachwort zu dieser Ausgabe von Winfried Stephan
Essais. Eine Auswahl vorgestellt von André Gide
Um recht zu leben. Aus den Essais. Mit einem Vorwort von Egon Friedell

Außerdem erschienen:

Über Montaigne. Aufsätze und Zeugnisse von Pascal bis Canetti. Herausgegeben von Daniel Keel. Deutsch von Irene Holicki und Linde Birk. Mit Chronik und Bibliographie

Wilhelm Weigand
Michel de Montaigne. Eine Biographie

Charles-Louis Secondat Montesquieu

Vom glücklichen und weisen Leben. Deutsch von Erwein Freiherr von Aretin. Nachwort von Fritz Schalk

Amélie Nothomb

Die Reinheit des Mörders. Roman. Deutsch von Wolfgang Krege
Liebessabotage. Roman. Deutsch von Wolfgang Krege
Der Professor. Roman. Deutsch von Wolfgang Krege

Blaise Pascal

Größe und Nichtigkeit des Menschen. Deutsch von Ferdinand Bruckner. Mit einem Nachwort von Egon Friedell

Ernest Renan

Das Leben Jesu. Vom Verfasser autorisierte Übertragung ins Deutsche

Jean Renoir

Mein Vater Auguste Renoir. Deutsch von Sigrid Stahlmann. Mit 50 Reproduktionen von Bildern, Zeichnungen, Fotos und mit einem Namensregister
Mein Leben und meine Filme. Deutsch von Frieda Grafe und Enno Patalas. Mit zahlreichen Fotos und einem Register der Filmtitel und der Personen

Georges Simenon

Romane und Erzählungen:

Der kleine Doktor. Drei Erzählungen. Deutsch von Hansjürgen Wille und Barbara Klau. Mit Illustrationen von Mette Ivers
Die Glocken von Bicêtre. Roman. Neu übersetzt von Angela von Hagen
Der Mörder. Roman. Deutsch von Lothar Baier
Brief an meinen Richter. Roman. Deutsch von Hansjürgen Wille und Barbara Klau
Der Schnee war schmutzig. Roman. Deutsch von Willi A. Koch
Die grünen Fensterläden. Roman. Deutsch von Alfred Günther
Im Falle eines Unfalls. Roman. Deutsch von Hansjürgen Wille und Barbara Klau
Sonntag. Roman. Deutsch von Hansjürgen Wille und Barbara Klau
Bellas Tod. Roman. Deutsch von Elisabeth Serelmann-Küchler
Betty. Roman. Deutsch von Raymond Regh
Die Tür. Roman. Deutsch von Linde Birk
Die Verlobung des Monsieur Hire. Roman. Deutsch von Linde Birk
Die Unbekannten im eigenen Haus. Roman. Deutsch von Gerda Scheffel
Der Mann mit dem kleinen Hund. Roman. Deutsch von Stefanie Weiss
Drei Zimmer in Manhattan. Roman. Deutsch von Linde Birk
Die Großmutter. Roman. Deutsch von Linde Birk
Der kleine Mann von Archangelsk. Roman. Deutsch von Alfred Kuoni
Der große Bob. Roman. Deutsch von Linde Birk
Die Wahrheit über Bébé Donge. Roman. Deutsch von Renate Nickel
Der Neger. Roman. Deutsch von Linde Birk
Das blaue Zimmer. Roman. Deutsch von Angela von Hagen
Der Ausbrecher. Roman. Deutsch von Erika Tophoven-Schöningh
Wellenschlag. Roman. Deutsch von Eugen Helmlé
Tropenkoller. Roman. Deutsch von Annerose Melter
Ankunft Allerheiligen. Roman. Deutsch von Eugen Helmlé
Der Präsident. Roman. Deutsch von Renate Nickel
Der kleine Heilige. Roman. Deutsch von Trude Fein
Der Outlaw. Roman. Deutsch von Liselotte Julius
Der Tod des Auguste Mature. Roman. Deutsch von Anneliese Botond
Der Verdächtige. Roman. Deutsch von Eugen Helmlé
Der Mörder. Roman. Deutsch von Lothar Baier
Die Zeugen. Roman. Deutsch von Anneliese Botond
Die Komplizen. Roman. Deutsch von Stefanie Weiss
Der Mann aus London. Roman. Deutsch von Stefanie Weiss
Die Überlebenden der Télémaque. Roman. Deutsch von Hainer Kober
Der Mann, der den Zügen nachsah. Roman. Deutsch von Linde Birk
Die Fantome des Hutmachers. Roman. Deutsch von Eugen Helmlé
Die Witwe Couderc. Roman. Deutsch von Hanns Grössel
Schlußlichter. Roman. Deutsch von Stefanie Weiss
Die schwarze Kugel. Roman. Deutsch von Renate Nickel
Die Brüder Rico. Roman. Deutsch von Angela von Hagen
Antoine und Julie. Roman. Deutsch von Eugen Helmlé

Es gibt noch Haselnußsträucher. Roman. Deutsch von Angela von Hagen
Der Bürgermeister von Furnes. Roman. Deutsch von Hanns Grössel
Der Untermieter. Roman. Deutsch von R. Eue
Das Testament Donadieu. Roman. Deutsch von Eugen Helmlé
Die Leute gegenüber. Roman. Deutsch von Hans-Joachim Hartstein
Die schwanzlosen Schweinchen. Erzählungen. Deutsch von Linde Birk
Exotische Novellen. Deutsch von Annerose Melter
Weder ein noch aus. Roman. Deutsch von Elfriede Riegler
Emil und sein Schiff. Erzählungen. Deutsch von Angela von Hagen und Linde Birk
Die Katze. Roman. Deutsch von Angela von Hagen
Der Passagier der Polarlys. Roman. Deutsch von Stefanie Weiss
Die Schwarze von Panama. Roman. Deutsch von Ursula Vogel
Das Gasthaus im Elsaß. Roman. Deutsch von Angela von Hagen
Das Haus am Kanal. Roman. Deutsch von Ursula Vogel
Der Zug. Roman. Deutsch von Trude Fein
Striptease. Roman. Deutsch von Angela von Hagen
Auf großer Fahrt. Roman. Deutsch von Angela von Hagen
Der Bericht des Polizisten. Roman. Deutsch von Markus Jakob
Die Zeit mit Anaïs. Roman. Deutsch von Ursula Vogel
45° im Schatten. Roman. Deutsch von Angela von Hagen
Das Fenster der Rouets. Roman. Deutsch von Stefanie Weiss
Die Eisentreppe. Roman. Deutsch von Angela von Hagen
Die bösen Schwestern von Concarneau. Roman. Deutsch von Ingrid Altrichter
Der Sohn Cardinaud. Roman. Deutsch von Linde Birk
Der Zug aus Venedig. Roman. Deutsch von Liselotte Julius
Weißer Mann mit Brille. Roman. Deutsch von Ursula Vogel
Der Bananentourist. Roman. Deutsch von Barbara Heller
Monsieur La Souris. Roman. Deutsch von Renate Heimbucher
Der Teddybär. Roman. Deutsch von Ingrid Altrichter
Die Marie vom Hafen. Roman. Deutsch von Ursula Vogel
Der reiche Mann. Roman. Deutsch von Stefanie Weiss
»... die da dürstet«. Roman. Deutsch von Irène Kuhn
Vor Gericht. Roman. Deutsch von Linde Birk
Der fremde Vetter. Roman. Deutsch von Stefanie Weiss
Das Begräbnis des Monsieur Bouvet. Roman. Deutsch von Hans Jürgen Solbrig
Der Umzug. Roman. Deutsch von Barbara Heller
Die schielende Marie. Roman. Deutsch von Eugen Helmlé
Die Pitards. Roman. Deutsch von Ingrid Altrichter
Das Gefängnis. Roman. Deutsch von Michael Mosblech
Malétras zieht Bilanz. Roman. Deutsch von Irmgard Perfahl und Werner De Haas
Das Haus am Quai Notre-Dame. Roman. Deutsch von Eugen Helmlé
Der Neue. Roman. Deutsch von Ingrid Altrichter
Die Selbstmörder. Roman. Deutsch von Linde Birk
Tante Jeanne. Roman. Deutsch von Inge Giese
Die beiden Alten in Cherbourg. Erzählungen. Deutsch von Inge Giese und Reinhard Tiffert
Die Erbschleicher. Roman. Deutsch von Renate Heimbucher
Der Rückfall. Roman. Deutsch von U. Vogel
Am Maultierpaß. Roman. Deutsch von Michael Mosblech
Der Glaskäfig. Roman. Deutsch von Stefanie Weiss
Das Schicksal der Malous. Roman. Deutsch von Günter Seib
Der Uhrmacher von Everton. Roman. Deutsch von Ursula Vogel
Das zweite Leben. Roman. Deutsch von Ingrid Altrichter
Der Erpresser. Roman. Deutsch von Linde Birk
Die Flucht des Monsieur Monde. Roman. Deutsch von Barbara Heller
Die letzten Tage eines armen Mannes. Roman. Deutsch von Michael Mosblech
Sackgasse. Roman. Deutsch von Stefanie Weiss und Richard K. Flesch
Die Flucht der Flamen. Roman. Deutsch von Barbara Heller
Fremd im eigenen Haus. Roman. Deutsch von Gerda Scheffel
Der ältere Bruder. Roman. Deutsch von Ingrid Altrichter
Doktor Bergelon. Roman. Deutsch von Günter Seib

Die verschwundene Tochter. Roman. Deutsch von Renate Heimbucher
Das Haus der sieben Mädchen. Roman. Deutsch von Helmut Kossodo
Der Amateur. Roman. Deutsch von Helmut Kossodo
Das Unheil. Roman. Deutsch von J. Winiger
Die verlorene Stute. Roman. Deutsch von Helmut Kossodo
Der Witwer. Roman. Deutsch von Linde Birk
Der Stammgast. Roman. Deutsch von Josef Winiger
Hochzeit in Poitiers. Roman. Deutsch von Ingrid Altrichter
Das ungesühnte Verbrechen. Roman. Deutsch von Renate Heimbucher
Sieben Kreuzchen in einem Notizbuch. Zwei Weihnachtsgeschichten. Deutsch von Michael Mosblech
Die Beichte. Roman. Deutsch von Michael Mosblech
Der Schwager. Roman. Deutsch von Renate Heimbucher
Schwarzer Regen. Roman. Deutsch von Stefanie Weiss und Richard K. Flesch
Manuela. Roman. Deutsch von Linde Birk
Die Ferien des Monsieur Mahé. Roman. Deutsch von Günter Seib
Der verlorene Sohn. Roman. Deutsch von Magda Kurz
Zum Roten Esel. Roman. Deutsch von U. Vogel
Doppelleben. Roman. Deutsch von B. Heller
Neues vom kleinen Doktor. Drei Geschichten. Deutsch von Renate Heimbucher und Bettina Klingler
Die Verbrechen meiner Freunde. Ein autobiographischer Roman. Deutsch von Helmut Kossodo
Der Grenzgänger. Roman. Deutsch von Renate Heimbucher und Michael Mosblech
Der Wucherer. Roman. Deutsch von Günter Seib
Das große Los. Drei Geschichten. Deutsch von Günter Seib

Maigret-Romane und -Erzählungen:

Maigrets erste Untersuchung. Roman. Deutsch von Roswitha Plancherel
Maigret und Pietr der Lette. Roman. Deutsch von Wolfram Schäfer
Maigret und die alte Dame. Roman. Deutsch von Renate Nickel
Maigret und der Mann auf der Bank. Roman. Deutsch von Annerose Melter
Maigret und der Minister. Roman. Deutsch von Annerose Melter
Mein Freund Maigret. Roman. Deutsch von Annerose Melter
Maigrets Memoiren. Roman. Deutsch von Roswitha Plancherel
Maigret und die junge Tote. Roman. Deutsch von Raymond Regh
Maigret amüsiert sich. Roman. Deutsch von Renate Nickel
Maigret gerät in Wut. Roman. Deutsch von Wolfram Schäfer
Maigret verteidigt sich. Roman. Deutsch von Wolfram Schäfer
Hier irrt Maigret. Roman. Deutsch von Elfriede Riegler
Maigret und der gelbe Hund. Roman. Deutsch von Raymond Regh
Maigret vor dem Schwurgericht. Roman. Deutsch von Wolfram Schäfer
Maigret als möblierter Herr. Roman. Deutsch von Wolfram Schäfer
Madame Maigrets Freundin. Roman. Deutsch von Roswitha Plancherel
Maigret kämpft um den Kopf eines Mannes. Roman. Deutsch von Roswitha Plancherel
Maigret und die kopflose Leiche. Roman. Deutsch von Wolfram Schäfer
Maigret und die widerspenstigen Zeugen. Roman. Deutsch von Wolfram Schäfer
Maigret am Treffen der Neufundlandfahrer. Roman. Deutsch von Annerose Melter
Maigret bei den Flamen. Roman. Deutsch von Claus Sprick
Maigret und die Bohnenstange. Roman. Deutsch von Guy Montag
Maigret und das Verbrechen in Holland. Roman. Deutsch von Renate Nickel
Maigret und sein Toter. Roman. Deutsch von Elfriede Riegler
Maigret, Lognon und die Gangster. Roman. Deutsch von Wolfram Schäfer
Maigret und der Gehängte von Saint-Pholien. Roman. Deutsch von Sibylle Powell
Maigret und der verstorbene Monsieur Gallet. Roman. Deutsch von Roswitha Plancherel
Maigret und das Schattenspiel. Roman. Deutsch von Claus Sprick
Maigret und die Keller des ›Majestic‹. Roman. Deutsch von Linde Birk
Maigret contra Picpus. Roman. Deutsch von Hainer Kober
Maigret läßt sich Zeit. Roman. Deutsch von Sibylle Powell
Maigrets Geständnis. Roman. Deutsch von Roswitha Plancherel
Maigret zögert. Roman. Deutsch von Annerose Melter
Maigret und der Treidler der ›Providence‹. Roman. Deutsch von Claus Sprick
Maigrets Nacht an der Kreuzung. Roman. Deutsch von Annerose Melter

Maigret hat Angst. Roman. Deutsch von Elfriede Riegler
Maigret erlebt eine Niederlage. Roman. Deutsch von Elfriede Riegler
Maigrets Pfeife. Eine Meisterdetektiv-Geschichte. Deutsch von Lislott Pfaff
Maigret und der geheimnisvolle Kapitän. Roman. Deutsch von Annerose Melter
Maigret und die alten Leute. Roman. Deutsch von Annerose Melter
Maigret und das Dienstmädchen. Roman. Deutsch von Hainer Kober
Maigret im Haus des Richters. Roman. Deutsch von Liselotte Julius
Maigret und der Fall Nahour. Roman. Deutsch von Sibylle Powell
Maigret und der Samstagsklient. Roman. Deutsch von Angelika Hildebrandt-Essig
Maigret in New York. Roman. Deutsch von Bernhard Jolles
Maigret in der Liberty Bar. Roman. Deutsch von Angela von Hagen
Maigret und der Spion. Roman. Deutsch von Hainer Kober
Maigret und die kleine Landkneipe. Roman. Deutsch von Bernhard Jolles und Heide Bideau
Maigret und der Verrückte von Bergerac. Roman. Deutsch von Hainer Kober
Maigret, die Tänzerin und die Gräfin. Roman. Deutsch von Hainer Kober
Maigret macht Ferien. Roman. Deutsch von Markus Jakob
Maigret und der hartnäckigste Gast der Welt. Sechs Fälle für Maigret. Deutsch von Linde Birk und Ingrid Altrichter
Maigret verliert eine Verehrerin. Roman. Deutsch von Ingrid Altrichter
Maigret in Nöten. Roman. Deutsch von Markus Jakob
Maigret und sein Rivale. Roman. Deutsch von Ingrid Altrichter
Maigret und die schrecklichen Kinder. Roman. Deutsch von Paul Celan
Maigret und sein Jugendfreund. Roman. Deutsch von Markus Jakob
Maigret und sein Revolver. Roman. Deutsch von Ingrid Altrichter
Maigret auf Reisen. Roman. Deutsch von Ingrid Altrichter
Maigret und die braven Leute. Roman. Deutsch von Ingrid Altrichter
Maigret und der faule Dieb. Roman. Deutsch von Stefanie Weiss
Maigret und die verrückte Witwe. Roman. Deutsch von Michael Mosblech
Maigret und sein Neffe. Roman. Deutsch von Ingrid Altrichter
Maigret und Stan der Killer. Vier Fälle für Maigret. Deutsch von Inge Giese und Eva Schönfeld
Maigret und das Gespenst. Roman. Deutsch von Barbara Heller
Maigret in Kur. Roman. Deutsch von Irène Kuhn
Madame Maigrets Liebhaber. Vier Fälle für Maigret. Deutsch von Ingrid Altrichter, Inge Giese und Josef Winiger
Maigret und der Clochard. Roman. Deutsch von Josef Winiger
Maigret hat Skrupel. Roman. Deutsch von Ingrid Altrichter
Maigret und Monsieur Charles. Roman. Deutsch von Renate Heimbucher
Maigret und der Spitzel. Roman. Deutsch von Inge Giese
Maigret und der einsame Mann. Roman. Deutsch von Ursula Vogel
Maigret und der Messerstecher. Roman. Deutsch von Josef Winiger
Maigret in Künstlerkreisen. Roman. Deutsch von Ursula Vogel
Maigret und der Weinhändler. Roman. Deutsch von Hainer Kober
Maigret in Arizona. Roman. Deutsch von Wolfram Schäfer
Weihnachten mit Maigret. Erzählung. Deutsch von Hans-Joachim Hartstein
Der Mann auf der Straße und andere Maigret-Geschichten. Deutsch von Linde Birk und Elfriede Riegler

Außerdem erschienen:

Brief an meine Mutter. Deutsch von Trude Fein
Stammbaum. Pedigree. Autobiographischer Roman. Deutsch von Hans-Joachim Hartstein
Intime Memoiren und Das Buch von Marie Jo. Deutsch von Hans-Joachim Hartstein, Claus Sprick, Guy Montag und Linde Birk
Die Pfeife Kleopatras. Reportagen aus aller Welt. Ausgewählt und mit einem Nachwort von Hanns Grössel. Deutsch von Guy Montag
Zahltag in einer Bank. Reportagen aus Frankreich. Ausgewählt und mit einem Nachwort von Hanns Grössel. Deutsch von Guy Montag
Simenon auf der Couch. Fünf Ärzte verhören den Autor sieben Stunden lang. Deutsch von Irène Kuhn. Mit einer Bibliographie und Filmographie und 43 Abbildungen
Meistererzählungen. Deutsch von Wolfram Schäfer, Angelika Hildebrandt-Essig, Gisela Stadelmann, Linde Birk und Lislott Pfaff
Das Simenon Lesebuch. Erzählungen, Reportagen, Erinnerungen. Ein Querschnitt durch das Gesamtwerk. Enthält u.a. ›Briefwechsel

mit André Gide‹ und ›Brief an meine Mutter‹. Mit Chronik und Bibliographie. Herausgegeben von Daniel Keel

Über Simenon. Essays, Aufsätze und Zeugnisse von André Gide bis Alfred Andersch. Mit Lebensdaten, Bibliographie und Filmographie. Herausgegeben von Claudia Schmölders und Christian Strich

Stanley G. Eskin

Simenon. Eine Biographie. Mit zahlreichen bisher unveröffentlichten Fotos, Lebenschronik, Bibliographie, ausführlicher Filmographie, Anmerkungen, Namen- und Werkregister. Aus dem Amerikanischen von Michael Mosblech

Robert J. Courtine

Simenon und Maigret bitten zu Tisch. Die klassischen französischen Bistrorezepte der Madame Maigret. Aus dem Französischen von Pierre F. Sommer

• Stendhal

Über die Liebe. Deutsch von Franz Hessel. Mit Fragmenten, einem Anhang aus dem Nachlaß des Autors und einer Anmerkung von Franz Blei

Armance. Einige Szenen aus einem Pariser Salon um das Jahr 1827. Roman. Deutsch von A. Elsaesser. Anmerkung von Franz Blei

Lucian Leuwen. Romanfragment. Deutsch von Joachim von der Goltz. Mit einer Anmerkung von Franz Blei

Leben des Henri Brulard. Autobiographie. Deutsch von Adolf Schirmer. Mit Nachwort, Anmerkungen sowie Namen- und Sachverzeichnis von Wilhelm Weigand

Die Kartause von Parma. Roman. Deutsch von Erwin Rieger. Nachwort von Franz Blei

Amiele. Romanfragment. Deutsch von Arthur Schurig. Mit Fragmenten und Aufzeichnungen aus dem Nachlaß des Autors sowie einem Nachwort von Stefan Zweig

Meistererzählungen. Mit einem Nachwort von Maurice Bardèche

• Roland Topor

Der Mieter. Roman. Deutsch von Wolfram Schäfer

Memoiren eines alten Arschlochs. Deutsch von Eugen Helmlé

Der schönste Busen der Welt. Zweiundfünfzig Geschichten und eine Utopie. Deutsch von Ursula Vogel und Lislott Pfaff

• Marquis de Vauvenargues

Große Gedanken entspringen im Herzen. Herausgegeben und mit einem Vorwort von Wolfgang Kraus. Deutsch und mit einem Nachwort von Candida Kraus

• Vercors

Das Schweigen des Meeres. Erzählung. Deutsch von Karin Krieger

• Jules Verne

Reise um die Erde in achtzig Tagen. Deutsch von Erich Fivian

Fünf Wochen im Ballon. Deutsch von Felix Gasbarra

Von der Erde zum Mond. Roman. Deutsch von William Matheson

Reise um den Mond. Roman. Deutsch von Ute Haffmans

Zwanzigtausend Meilen unter Meer. Roman in zwei Bänden. Deutsch von Peter Laneus und Peter G. Hubler

Reise zum Mittelpunkt der Erde. Roman. Deutsch von Hansjürgen Wille und Barbara Klau

Der Kurier des Zaren. Michael Strogoff. Roman in zwei Bänden. Deutsch von Karl Wittlinger

Die fünfhundert Millionen der Begum. Roman. Deutsch von Erich Fivian

Die Kinder des Kapitäns Grant. Roman in zwei Bänden. Deutsch von Walter Gerull

Die Erfindung des Verderbens. Roman. Deutsch von Karl Wittlinger

Die Leiden eines Chinesen in China. Roman. Deutsch von Erich Fivian

Das Karpathenschloß. Roman. Deutsch von Hansjürgen Wille und Barbara Klau

Die Gestrandeten. Roman in zwei Bänden. Deutsch von Karl Wittlinger

Robur der Eroberer. Roman. Deutsch von Peter Laneus

Zwei Jahre Ferien. Roman. Deutsch von Erika Gebühr

Das erstaunliche Abenteuer der Expedition Barsac. Roman. Deutsch von Eva Rechel-Mertens

Die Insel der Milliardäre. Roman. Deutsch von Christa Hotz und Ute Haffmans

Die Eissphinx. Roman. Deutsch von Hansjürgen Wille und Barbara Klau

Die großen Seefahrer und Entdecker. Eine Geschichte der Entdeckung der Erde im 18. und 19. Jahrhundert

Meistererzählungen. Deutsch von Erich Fivian

• Ambroise Vollard

Erinnerungen eines Kunsthändlers. Deutsch von Margaretha Freifrau von Reischach-Scheffel. Mit der vollständigen Bibliographie der Editions Ambroise Vollard von Bernard

Gheerbrant. Reproduktionen von 29 Bildern, 22 Zeichnungen, 10 Fotos und 15 Dokumenten

● Voltaire

Gedanken regieren die Welt. Eine Auswahl. Herausgegeben und mit einem Vorwort von Wolfgang Kraus

Candide oder Der Optimismus. Deutsch von Stephan Hermlin. Mit einem Nachwort von Ingrid Peter

Briefe aus England. Herausgegeben, übersetzt und mit einem Nachwort von Rudolf von Bitter

● Meistererzählungen aus Frankreich

Geschichten von Stendhal bis Georges Simenon. Herausgegeben von Anne Schmucke und Gerda Lheureux. Mit einer synoptischen Zeittafel Frankreichs gegenüber der Weltgeschichte